やりもらいの文法

宋惠仙

제이앤씨
Publishing Corporation

머리말

　본고에서는 종래의 시점에 치중되어 왔던 수수동사구문을 원래의 동사와의 관계에서 고찰하여 수수동사구문의 구조를 파악한 후 지금까지 수수동사구문이 수동태 및 사역태와 관계가 깊다고 지엽적으로는 말해지면서도 체계적으로 어떻게 관계를 이루고 있는지에 관한 연구가 없었으므로 본 연구를 통하여 수수동사의 구문의 전체상을 밝힌 후 각각의 구조가 수동태 및 사역태와 어떠한 상관관계를 이루고 있는가를 구체적으로 밝힐 수가 있었다. 더불어 수수동사가 사역동사와 결합하여 이루고 있는「させてやる/させてくれる/させてもらう」구문에 대한 연구는 거의 전무하나 수수동사의 구문의 구조의 연장선에서 구조도 어떠한 동사가 사역동사가 되어 수수동사의 구문에 참여하게 되는 가, 그리고 어떠한 구문의 구조를 이루고 있는가하는 관점에서 그 체계를 밝힐 수가 있었다.

　또한 일본어의 수수동사를 분석한 방법으로 한국어의 수수동사구문을 분석한 결과 한국어는 시점의 제약이 수수동사 구문에 존재하지 않기 때문에 수여태가「해 주다」라는 한 종류의 구문밖에 존재하지 않고 수익태「해 받다」구문도 존재하지 않는다는 사실에서 보이스의 구조를 이루지 않고 있는 것을 알 수 있었다. 한국어에서 수익태「해 받다」구문이 발달해 있지 않는 것은 한국어에서 수동태가 발달해 있지 않는 것과 연관이 깊은 것으로 보여 지는 데 그 이유에 대해 본고에서는 한국어는 행위자를 중심으로 표현하는 언어인데 반해 일본어는 화자를 중심으로 하여 표현하는 언어라는데 그 이유를 설명하고 있다.

　이 작은 책이 나오기까지는 많은 분들의 가르침에 의해 나올 수 있었다. 박사논문을 지도해주신 스즈키타이(鈴木泰)교수님, 스즈키시케유키(鈴木重幸)교수님, 스즈키야스유키(鈴木康之)교수님에게 진심으로 감사드린다. 또한 한국의 지도교수님이신 김춘미교수님, 이한섭교수님, 이인영교수님, 한미경교수님께도 감사의 말씀을 올리고 싶다.

　그리고 좋은 학자로 성장하라고 채찍질 해주시는 최관 교수님, 학문적으로 많은 조언을 해주시고 응원해 주시는 설근수교수님, 조영호교수님, 이창익교수님께도 감사드리고 싶다.

　마지막으로 오랫동안 유학 가 있는 동안 항상 그리워하며 응원해 주신 천국에 계시는 우리부모님과 우리형제들에게 무한한 감사를 드린다. 또한 부족하고 바쁜 며느리를 귀엽게 보아주시는 우리 어머님과 남편에게 감사와 사랑을 담아 이 책을 바친다.

2009년 9월
송 혜선

目　次

第三章
持ち主のやりもらい / 57

第四章
第三者のやりもらい / 75

第五章
評価と原因のやりもらい / 109
―やりもらい構造からの解放―

第六章
使役やりもらい / 123

第七章
韓国語のやりもらい / 161

第八章
結　論 / 201

やりもらいの文法

第一章
序 論

1. はじめに

　「やりもらい」の際立つ特徴として「視点」とは他の文法カテゴリーと異なる大きな特徴を成していることは言をまたないが、しかしそれだけでやりもらいの特徴は言い尽くしたことになるのであろうか。視点だけで「やりもらい」を処理しようとするところから「やりもらい」の事実が看過された傾向が生じているのではないかと思われる。以下で従来の先行研究に触れながら、本稿での論を進めていくことにする。

2. 先行研究

2.1 授受構文の視点論

　従来のやりもらいに関する研究は宮地(1965)では「話し手の関与」という用語で、大江(1975)では「視線の軸」という用語で、久野(1978)では「視点」という用語で捉えられているが、その三つの概念はほぼ共通の概念であると思われる。以下でそれぞれの詳細をみていくことにする。

　まず、宮地では、日本語のやりもらい動詞に「話し手の立つ側」の配慮あるいは「話し手の関与」が関わっていることを指摘している。

与える人、受け取る人であるための条件		意志の所在
ヤル	与える人：話し手または話し手以外の人	与える人（主語）
	受け取る人：常に話し手以外の人	
クレル	与える人：常に話し手以外の人	与える人（主語）
	受け取る人：常に話し手	
モラウ	与える人：常に話し手以外の人	受け取る人（主語）
	受け取る人：話し手または話し手以外の人	

　さらに大江(1975)では「授受動詞が描写する授受のできごとを、その当事者として内部から主観的に眺める人の位置」を「視線の軸」であるとし、視線の軸になり得るものに対して最もふつうなのは話し手自身で、次いで話し手がその視点をとりやすいような人であるというふうに定義して、やりもらい構文に次のような構文の制約があることについて言及している。

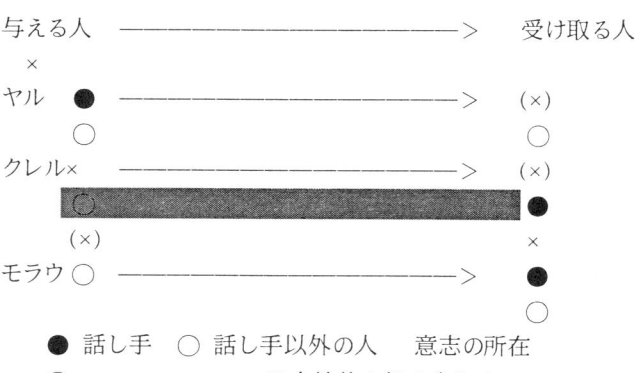

●は、実は単に、日本語授受動詞の記述上必要な「話し手または話し手に近い人の位置」をさすだけでなく、「授受動詞が描写する授受のできごとを、その当事者として内部から主観的に眺める人の位置」を表す。このことは以下の議論で次第に明らかになるが、以後これを「視線の軸」と呼ぶことにする。

（大江1975　p 33)

　大江(1975)の「視線の軸」に対して久野(1978)では「視点」と名づけて、指示対象に対する話し手の自己同一視化を視点であるとしながら、やりもらい動詞が視点の制約のある動詞であるとして、その視点の制約について次のように定義している。

　　　　授与動詞の視点制約「くれる」は、話し手の視点が．主語(与える人)よりも与格目的語(受け取る人)寄りの時にのみ用いられる。「ヤル」は、話し手の視点が主語寄りか、中立の時にのみ用いられる。
　　　　クレル　E(与格目的語)＞E(主語)
　　　　ヤル　　E(主語)＞E(与格目的語)
　　　　貰ウ　　E(主語)＞E(非主語)

　　　　　　　　　　　　　　　　　　　　　　　　　　(久野1978　p 141)

　久野はさらに話し手が関わる場合の視点制約についても次のように付け加えている。

　　　　発話当事者の視点ハイアラーキー話し手は、常に自分の視点をとらなければならず、自分より他人寄りの視点をとることができない。
　　　　1＝E(一人称)＞E(二・三人称)

　　　　　　　　　　　　　　　　　　　　　　　　　　(久野1978　p 146)

　以上で宮地(1965)、大江(1975)、久野(1978)等によってやりもらい動詞構文に話し手の視点がかかわっており、それが構文の制約として現れることについて言及されている。すなわち「やる」動詞には利益を与える人の方に、「くれる」動詞には利益を受ける人の方に、「もらう」動詞には利益を受ける人の方に、話し手の視点がかかわっているので、それが構文上の人称の制約として現れることが明らかになったのである。

2.2　ウチとソト論

　またやりもらい構文を日本人のウチとソトという意識で捉えようとする研究には奥津(1979)と城田(1996)がある。奥津(1979)では、日本語のやりもらいについて次のように言及している。

　　　　　〔与え手主語〕についてみると、「クダサル・クレル・サシアゲル・ヤル
　　　　　　　　　　・オヤリニナル・アゲル・オアゲニナル」が＋、「イタダ
　　　　　　　　　　ク・モラウ・オモライニナル」が－で対立する。一般的
　　　　　　　　　　に言えば、移動動詞構文で起点格が主語となるか、目
　　　　　　　　　　標格が主語になるかの問題で、意味論的にも、構文論
　　　　　　　　　　的にも重要な素性である。
　　　　　　〔中立〕については、「アゲル」だけが＋で、他の語と対立する。
　　　　　　　　　　要するにほとんどすべての授受動詞が誰かを見上げまた
　　　　　　　　　　は見下げる待遇価値を持つが、必要な時には「クレル」
　　　　　　　　　　「モラウ」が中立的に使われるだろう。
　　　　　　〔見上げ〕については「クダサル：クレル」「サシアゲル：ヤル」「イタ
　　　　　　　　　　ダク：モラウ」がそれぞれ〔＋見上げ〕：〔－見上げ〕
　　　　　　　　　　で対立し、かつその点だけで対立しているのである。
　　　　　　　〔主語〕については、単純語の語では「クダサル・クレル」の2語
　　　　　　　　　　が一つで、他の5語と対立する。しかしこの5語の中でも
　　　　　　　　　　主語を見上げることが可能なものがあって、このギャッ
　　　　　　　　　　プを「オヤリニナル」「オアゲニナル」「オモライニナル」と
　　　　　　　　　　いう複合形式が埋めることになる。
　　　　　　〔身内へ〕については「クレル・クダサル・イタダク・モラウ・オモ
　　　　　　　　　　ライニナル」が＋で、「サシアゲル・ヤル・オヤリニナル
　　　　　　　　　　・アゲル・オアゲニナル」の－と対立する。

　すなわち奥津はやりもらい動詞を「ウチ」と「ソト」という側面から、「くれる」「もらう」動詞は話し手の内側の人の方へ利益物が移動し、「やる」動詞

は話し手の外側の人間の方へ利益物が移動することを指摘している。また同じく授受動詞構文をウチとソトの関係として捉えた研究には城田(1996)がある。城田も「くれる」動詞については、「主語に立つものは発話行為の場に於て常に相対的に話し手から遠く、補語に立つものは話し手に近い。より遠いものを外、より近いものを内と呼ぶと、クレルは外主語内補語(授与)動詞と名付け得る」というふうに、主語は話し手から遠い関係の人が来て、補語には話し手および話し手と近い人がくることを述べている。それに対して、「やる」と「もらう」動詞に関しては、「ヤル・モラウで、話し手・話し手側の第3者が主語に立つと補語となるのは聞き手・第3者、聞き手が主語に立つと補語となるのは第3者となる。共に内主語外補語動詞であるが、授受対象の移動方向により、ヤルは内主語外向(授与)動詞、モラウは内主語内向(受納)動詞と名付け得る。」というふうに、「やる」と「もらう」動詞は主語の位置に話し手および話し手に近い人が来て、補語に話し手から遠い人がくることを述べているのである。

　以上のようにやりもらいに関しての先行研究では宮地(1965)、大江(1975)、久野(1978)などによって視点の制約があり、それが構文上に人称の制約として現われているということが指摘されている。さらに奥津(1979)、城田(1996)によってやりもらい構文を話し手がその当時者の利益主体と受け手のどちらを自分と近いとみるかによって与え手を主語にするか、補語にするか、すなわち話し手とやり取りの関係者のどちらを話し手が自分に近い関係の人として捉えるかという「ウチ」と「ソト」という側面が関わっているというふうに整理することができると思われる。それを表で整理すると次のようになるであろう。

	視点	人称性	構文	ウチ・ソト
やる	与え手	1→2・3人称	与え手主語 受け手補語	ウチ→ソト
くれる	受け手	2・3→1人称	与え手主語 受け手補語	ソト→ウチ
もらう	与え手	1←2・3人称	受け手主語 与え手補語	ウチ←ソト

(※←→の方向は利益物の方向性を表す)

2.3 やりもらいをヴォイス的な観点からの論

　今までの視点論に偏っていたやりもらい研究を構文的な側面から考察しようとする動きは言語学研究会から始まっている。言語学研究会では、派生動詞としての「してやる／してくれる／してもらう」構文を「やりもらい」と名づけて[1]、派生動詞としてのやりもらいを文法的なカテゴリーとして研究しようとしている。その一員である鈴木重幸(1989)はやりもらいに関して次のように定義している。

　　　日本語の動詞には、その動作がだれのために(だれの利益のために)おこなわれるかをあらわす文法的な意味が発達している。これを「やりもらい(受給)」という。やりもらいは、動詞の第二なかどめとたすける動詞「やる」「もらう」「くれる」などとのくみあわせによってあらわされる。やりもら

---

1) 「やりもらい」という名づけに関しては、鈴木康之(2003)に次のような説明がみられる。「このように、現代日本語の動詞の言い方には、「やりもらい」と呼ばれる文法的なカテゴリーが存在しているのだが、この名称を最初に使用したのは『文法教育…その内容と方法…』(麦書房一九六三年一二月)だと思われる。」とし、さらに従来のやりもらいの研究の問題点については次のような見解を述べている。「宮田にかぎらず「～してやる」「～してくれる」「～してもらう」の言い方に注目していた先駆的な研究者はいたのだが、ただ、その他の言い方から「～してやる」「～してくれる」「～してもらう」を特設させて、文法的なカテゴリーとして明確に認識していたように思われない。「ヤリモライ」という名称のもとに、独自に提示してみせたのは、『文法教育…その内容と方法…』が最初だろうと自負している。」

いをあらわすこうした二単語のくみあわせがやりもらい動詞である。

(鈴木1989 p392)

　上の鈴木(1989)の定義の下にやりもらいについての本格的な研究は村上(1986 a)から始まっている。

　　　「suruのかたちでの動詞を述語にもつ文がもっぱらひとまとまりの現実の動作やできごとをさしだしているとすれば、site－yaru、site－kureru、site－morauの文はその動作やできごとのもたらす利益や恩恵を人間がどのようにうけとったり、感じとったりするか、あるいはまたどのようにあたえるかをさしだしている。「やりもらい構造の文」は、人間が動作やできごとに対して、利益性、恩恵性の面からどうかかわっているか、そのかかわり方を表現する文である。

(村上 1986 p4)

　村上は上のようにやりもらいを定義した上で、「これら三つの文法的なかたちのもつ、利益性、恩恵性という文法的な意味とはいったい何なのか、その具体的な意味内容をある程度まででもとらえるためには、ひとまず、この三つの文法的なかたちを述語にもつ文について、動作のし手、うけ手がどのように表現されているのか、また、それらに対して利益、恩恵のうけ手、あたえ手がどのようにかかわっているのか、その内部構造の基本的なすがたを正確にとらえることが必要なことだろう。」と、やりもらい構文の構造を明らかにすることの必要性について述べている。

　さらに村上(1986 a)ではやりもらい構文の分析の下に、やりもらいの内部のヴォイス性について、「Voiceが≪動作そのものについてのたちば≫を問題にし、suruとsareruのかたちを対立させているとすれば、やりもらいのカテゴリーは、≪利益、恩恵のうえでのたちば≫を問題にし、siteyaru(sitekureru)とsitemorauのかたちを対立させている。」というふうにやりも

らいのヴォイス性を定義しながら、やりもらい構文は受動態の構文とは異なり、二つの立場が混在していることを述べている。

> その意味では、やりもらい構造には、二重のたちばがそなわっているともいえる。ひとつは、利益や恩恵のあたえ手、うけ手というたちばであり（主語の選択）、もうひとつは、はなし手のたちばである（はなし手の視点としてのたちば）。
>
> （村上1986　p36）

　村上はやりもらい構文には「文の構造上の立場」と文の構造をとびこえた「話し手のたちば」という二つの立場が共存している構文であることを明らかにしている。その一つである「文の構造上の立場」では、「～てくれる」構文と「～てやる」構文が主語が利益、恩恵のあたえ手であるという点で、「～てもらう」構文にたいしてvoice的に対立している。また「～てくれる」構文と「～てやる」構文は「話し手の立場」かかわっており、「してくれる」構文ははなし手が利益、恩恵の受け手のたちばが、「～てやる」に構文は利益主体にたっている面で対立しているとしている。

　村上によって大江(1975)や久野(1978)等の「話し手の立場」という側面だけが強調されがちだった従来のやりもらいの研究を「文の構造の立場」という側面が加わることが出来たと言えそうである。村上の「文の構造の立場」とは言葉を変えるとやりもらいをヴォイスの側面から研究することを意味する。そのような村上の研究を受け継いだ研究に、黄(1998)と高(2000)の研究がある。

　黄は、連語論的な観点から、日本語の「～てやる」「～てくれる」動詞を寄与態と名付け、「寄与態」を四つのタイプにわけて研究している。黄(1998)で言っている四つのタイプとは、「誰か(＝受益者)を～してやる／くれる(太郎が次郎をほめてやる／くれる)」を「直接対象の寄与態」に、「誰か(＝受益

態)に(何か)を～してやる／くれる(太郎が次郎に道を教えてやる／くれる)」
のようなタイプを「相手対象の寄与態」に、「誰か(＝受益者)の何かを～して
やる／くれる(太郎が次郎の頭を撫でる)」のタイプを「直接対象の持ち主の
寄与態」に、「誰か(＝受益者)の何かに(何か)を～してやる／くれる(太郎が
次郎のポケットにお金を入れてやる／くれる)」のタイプを「間接対象の持ち
主の寄与態」に分類している。しかし黄(1998)はその分析の対象が寄与態
(「～てやる」と「～てくれる」構文)だけで、受益態(「～てもらう」)を入れて体
系的に捉えられておらず、しかも「～てやる」「～てくれる」構文全体を対象
としていないという点で限られた研究であると言えそうである。

　黄の研究を受け継いで、高靖(2000)では、黄順花の寄与態の四つの分類
に「～てもらう」態を入れて「直接対象のヤリモライ」「相手対象のヤリモラ
イ」「直接対象の持ち主のヤリモライ」「間接対象の持ち主のヤリモライ」に
分類し、寄与態(「～てやる」と「～てくれる」)と、受益態(「～てもらう」)を
体系的に分析している。さらに高は、村上と黄の研究で利益対象と動作対
象が重ならない構文－黄(1998)の用語では文の内部構造に受益者が存在し
ない構文―を「第三者のヤリモライ」と名づけて、分析の対象に入れようと
している。高の言っている「第三者のヤリモライ」とは、「先生がお母さんの
ために子どもをほめてやった」のように利益に三人が関わるような構文のこ
とである。高(2000)では、その以前の村上と黄が、動作対象と利益対象が
一致するような構文－文の内部構造に受益者が存在している構文―の研究
に終わっているのに対して、高では動作対象と利益対象が一致していない
構文も研究対象に入れようとする点は評価できるが、まだ文の内部構造に
受益者が存在していない構文の一部しかやりもらいの体系に入れることが
できなかった。

3. 本稿の論

　大江、久野などの先行研究によってやりもらい構文に視点性がかかわり、その制約によってやりもらい構文に人称制約があることが明らかになったわけであるが、まだ大江および久野のやりもらい研究は物のやり取り—本稿では物のやりもらいと名づける—構文が主な研究対象である。様々な前項動詞と結合した派生動詞としてやりもらいの構文－本稿では行為のやりもらいと名づける—がどのような構造を持っており、その構造のどの部分が受動態および使役態とどのようなかかわりをもっているかという側面で村上はこれからのやりもらいの研究の出発点的な研究であったと言えそうである。

　また村上(1986 a)、黄(1998)、高(2000)等のやりもらい構文の研究によって、やりもらい構文の一部、文の内部構造に動作主体と動作対象が存在する構文を中心にやりもらい構文の分析がなされている。本稿では、大江と久野の視点論によるやりもらいの研究を踏まえたうえで、村上、黄、高の研究を受け継いでやりもらい構文の構造を考察し、さらにそれぞれのやりもらい構文がヴォイスの面でどのようなヴォイス性をもっているかを考察することに目的がある。具体的には動作主体と動作対象が存在する構文にやりもらい構造がかぶさってできている構文の研究に終わっているやりもらいの構文の研究を、動作主体と利益主体、動作対象と利益対象が重ならない構文—黄(1998)の用語では文の内部構造に利益主体と利益対象が存在していない構文—を加えてやりもらい構文全体を分析すると共に、それぞれのやりもらい構文が受動態および使役態とどのように関わっているかを考察する。具体的には元になる動詞をみて、どのような意味タイプの動詞構文がどのようなやりもらい構文の構造をもっているかという側面からやりもらい構文を分析する2)。そのためには、まず「元になる動詞」という用語

について定義しておくことにする。元になる動詞文とは、佐藤里美(1986)
から借りてきた用語で佐藤は、「お玉がとうとう菓子折りを買ってきて、い
そいで梅に持たせてだした」という使役文に対して「梅が菓子折りをもつ」が
元の文であり、「校長先生が万里子たちを家の縁側に腰かけさせた」のよう
な使役文に対しては、「万里子たちがこしかける」という文が元の文である
として、元の文に対して次のように定義している。

> これらの文の述語にあらわれる使役動詞をもとになる動詞にもどしてや
> ると、動作主体をが格にすえた文をえる。(中略)いずれも動作主体と動
> 作のくみあわせであって、いちおうこれだけでも完結したできごとを表現
> している。使役構文はこの種の主体＝属性のくみたてをもつ文から派生
> した文である。この出発点的な自動詞構文、他動詞構文を≪もとになる
> 文≫とよんでおく。
>
> (佐藤1986　p 92)

　本稿で使う「元になる文」も、佐藤(1986)の元になる文の概念を借りて、
派生動詞のやりもらい動詞構文を成す以前の、もとになる動詞が述語に
なっている構文のことを意味する。例えば、「上級生が太郎を可愛がって
やった／くれた」に対しての元になる文は、「上級生が太郎を可愛がった」よ
うな他動詞文であり、「太郎が妻のために早く帰ってやった」に対しての元
になる文とは「太郎が帰った」のような自動詞文である。佐藤の定義に従い
「もとになる文」を定義して、その元になる動詞がどのようなやりもらい構文
を成すかを本論でみていくが、そのヒントになるような動詞分類は高橋

---

2) その根拠は村上(1998 a)による。村上では、「この三つのかたちは、利益や恩恵
　のあたえ手、うけ手の点でたがいに対立しあったり、おぎないあったりしながら、
　ひとつのカテゴリーとして統一して、suruというかたちに対立している。」とし
　て、元になる動詞文(非やりもらい文)に対してやりもらい動詞文が対立している
　とみているのである。本稿でも村上と同じようなたちばで、元になる動詞構文が
　どのようなやりもらい構文を織り成しているかという側面から考察していく。

(1994)にある。高橋はヴォイス的な観点からの動詞分類を施しているが、高橋はヴォイスの捉え方において、「うけみのたちば」が対立しているのは、「もとになるたちば」ではなく「はたらきかけのたちば3)」であるとし、「つがいだてのたちば(使役態)」や「第三者のうけみ」が「もとになるたちば4)」からの派生であるというふうに捉え、はたらきかけのたちばになれる動詞について次のように分類している。

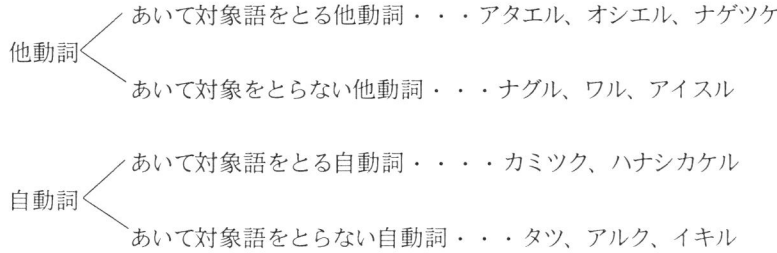

他動詞
　　あいて対象語をとる他動詞・・・アタエル、オシエル、ナゲツケル
　　あいて対象をとらない他動詞・・・ナグル、ワル、アイスル

自動詞
　　あいて対象語をとる自動詞・・・カミツク、ハナシカケル
　　あいて対象語をとらない自動詞・・・タツ、アルク、イキル

　高橋はこの動詞の分類の中で、第四のもの(あいて対象語をとらない自動

---

3) 高橋(1994)では「はたらきかけのたちば」について次のように言及している。
　「もとになる動詞」はたしかに「うごきをあらわす」。しかし、「二郎がさち子をなぐった」の「なぐった」を、「なぐられた」に対して、ただ「うごきをあらわす」といってよいだろうか。これは「うごきをしかけることをあらわす」といわなければならないのではないか、これはたしかに、単語＝かたちつくりのうえで、もとになる動詞だが、「もとになるたちば」とよんでいいだろうか。たちば動詞としては、「もとになるたちば」ではなくて、「はたらきかけのたちば」ではないだろうか。」
4) 高橋(1994)は「もとになるたちば」と「つかいだてのたちば」および「第三者のうけみのたちば」との関係について次のように述べている。
　「したがって、つかいだてのたちばは、はたらきかけのたちばと対立するのでなく、(いろいろのたちばにたつ)もとになるたちばからの派生であり、そして、その、もとになるたちばと対立しているのである。つかいだてのたちばはもとになるたちばからの派生である。(中略)第三者のうけみは、自動詞からもつくられる。第三者のうけみのたちばも、やはり、つかいだてのたちばとおなじように、「もとになるたちば」と対立するとみるのがよいだろう。」

詞)をのぞいて、はたらきかけとうけみの対立があるとしている。すなわち、高橋の動詞分類で、他動詞で「あい手対象をとる他動詞(に教える等)」と「あい手対象をとらない他動詞(を殴る等)」および自動詞の中では「あい手対象をとる自動詞(にはなしかける等)」のような動詞が、うけみ構文をつくることのできる動詞群であるということである。高橋では、「あいて対象をとらない他動詞」についてはそれ以上の分類を行っていないが、しかし、「太郎が次郎を殴る」と「太郎が皿を割る」は同じ働きかけであるとは思えない。「太郎が次郎を殴る」に対しては「次郎が太郎に殴られる」というふうに受動態を成すが、「太郎が皿を割る」のようなはたらきかけ文に対しての受動態、「皿が次郎に(よって)割られる」は自然な日本語であるとは思えないからである。すわなち、その働きかけが人間への働きかけか、それとも物や事柄への働きかけかを分ける必要があると思われる。なぜならば、働きかけを受ける対象が人間であるか、物および事柄であるかによってヴォイス性は変わってくるはずだからである。本稿では前掲の高橋の動詞の分類を参考にし、やりもらいによる動詞の分類を試みる。

動詞の種類			
人への働きかけの他動詞		ヲ格の動作対象への働きかけの他動詞 ニ格の動作対象への働きかけの他動詞	直接のやりもらい
ニ格の相手対象を取りえる自動詞		会う等の対面動詞 しゃべるなどの言語活動の動詞	
物への働きかけの他動詞		生産動詞 もようがえ動詞 やりもらい動詞 うつしかえ動詞	
物への働きかけの他動詞	もようがえ動詞	ノ格のヲ格の部分への働きかけの他動詞	持ち主のやりもらい
	とりつけ動詞	ノ格のニ格の部分への働きかけの他動詞	

物や事へのはたらきかけの他動詞および自動詞	ヲ格の物や事への働きかけの他動詞	第三者のやりもらい
	ニ格の相手対象を取らない自動詞	

　本稿では上のような動詞分類の下でやりもらい構文を分析していくことにする。

　まず、第二章と第三章では働きかけの他動詞文構造にやりもらい構造がかぶさって出来ている構文で、第二章では動作主体から動作対象への働きかけの元になる他動詞構文構造に、やりもらい構造がかぶさって、動作主体が利益主体になり、動作対象が利益対象となる構文を「直接のやりもらい」と名づけて分析する。

　第三章では動作対象「ノ」格の部分である「ヲ」格および「ニ」格への働きかけ構文に、やりもらい構文がかぶさって出来ている構文を「持ち主のやりもらい」と名づけて考察する。2章と3章は、村上、黄、高などのやりもらいの先行研究と重なるところではあるが、本稿ではさらにどういうタイプの動詞が「直接のやりもらい」を成し、どういうタイプの動詞が「持ち主のやりもらい」を成しているか、動詞のタイプを分類しながら考察をする。

　また第四章で考察する「第三者のやりもらい」構文は村上、黄、高ではまだ分析されていない構文で、元になる動詞文に存在しなかった利益対象がやりもらい構文の中で新たに現れる構文である。やりもらい構文で新たに元になる動詞文に存在しなかった第三者が現れるという意味で、第三者のやりもらいと名づけたのである。この構文の元になる動詞は自動詞構文であったり、他動詞構文でも物や事柄への働きかけの構文であったり(以後この構文をモノゴトへの働きかけの他動詞構文と名づける)、人間への働きかけの構文に動作対象以外のもう一人の登場人物が利益対象として新たに加わる構文が、やりもらい構文になったときに第三者のやりもらい構文

になる。

　第五章では、前掲までの「直接のやりもらい」「持ち主のやりもらい」「第三者のやりもらい」構文は授与態が受益態が対立している構文であるので、「やりもらい」の基本構造をそろえている構文であると言えるが、そのようなやりもらいの基本構造からはずれて授与態、中でも「～てくれる」構文にしか存在しないやりもらい構文を「評価と原因のやりもらい」と名づけて考察する。

　第六章では、使役動詞にやりもらい動詞が結合した構文、「～(さ)せてやる／くれる／もらう」を使役のやりもらいと名づけて考察する。使役のやりもらい構文も使役主体が動作主体に働きかける構文にやりもらい構造がかぶさって出来ている構文、言い換えれば使役主体が利益主体になり、動作主体が利益対象になるような構文を「直接の使役やりもらい」と名づけて考察する。また、使役主体が動作主体「ノ」格の部分である「ヲ」格および「ニ」格に働きかける構文にやりもらい構文がかぶさって出来ている構文を「持ち主の使役やりもらい」と名づけて考察する。使役やりもらい構文でも、「直接の使役やりもらい」「持ち主の使役やりもらい」「第三者の使役やりもらい」構文までは、使役授与態「～(さ)せてやった／くれた」に対して使役受益態「～(さ)せてもらった」構文がヴォイス的に対立して体系を成しているが、そのような使役やりもらいの基本構造からはずれて使役授与態、その中でも「～(さ)せてくれた」だけに存在するような構文を「評価と原因の使役やりもらい」と名づけて考察する。

　第七章では、韓国語のやりもらい構文である、授与態「～주다」と受益態「～받다」構文を考察する。韓国語では「～주다」構文は日本語と同じく様々な動詞と結合して授与態を成しているが、受益態「～받다」構文は語彙的に存在する程度で文法的な形式ではない。そのため、主に授与態「～주다」構文の構造を考察し、そのほかに韓国語だけにあるやりもらい動詞などを考

察する。

　本稿では、方法論的には実際の小説の用例の中からやりもらい構文を抜き取って分析する方法で論を進めていく。また本稿の中で使われる文法用語は、「～てやる」と「～てくれる」構文は話し手の立場は異なるが、利益主体を主語にし、利益対象を補語にするという点で構文の構造は同じである。そのために本稿では構文的な側面で「てやる」構文と「てくれる」構文を授与態と名づけることにする。さらに授与態を分けて、「～てやる」態については与え手側の方に話し手のたちばが当てられているので、与え手側授与態と名づけることにして、「～てくれる」構文については話し手のたちばが受け手の方に当てられているので、受け手側授与態と名づけて考察することにする。そして、「～てもらう」態については受益態と名づけて考察を進めていくことにする。また動作をする人を動作主体とし、動作をされる人を動作対象と、目的語が物や事柄である場合には対象物と名づけて考察を進めることにする。

第 二 章
直接のやりもらい

1. はじめに

　「直接のやりもらい」とは、「太郎が次郎をほめる」や「太郎が次郎に道を教える」のようなヲ格やニ格の動作対象への働きかけの他動詞構文がやりもらい動詞と結合した構文である。このタイプのヲ格やニ格への動作対象への働きかけの他動詞構文がやりもらい動詞と結合するとその働きかけを受ける動作対象ヲ格やニ格の人物が利益対象となる構造になる。すなわち、直接のやりもらい構文では、働きかけの動作主体は利益主体に、動作対象は利益対象になり、働きかけの動作は利益行為となる構造になる。以下でどのような意味タイプの動詞が直接のやりもらいを成しているか．動詞のタイプを分類しながら直接のやりもらいの構造を考察していく。

2.「直接のやりもらい」構文の構造

　直接のやりもらいの構文の構造には利益対象がヲ格で、ヲ格の利益対象への利益行為の場合と、利益対象がニ格で、ニ格の利益対象への利益とがある。

2.1 「ヲ」格の動作対象への働きかけ他動詞構文

太郎が	次郎を	ほめる(他動詞文)
動作主体	動作対象	働きかけの動作
太郎が	**次郎を**	**ほめてやる／くれる(直接の授与態の構造)**
動作主体	動作対象	働きかけ動作
利益主体	利益対象	利益行為
次郎が	**太郎に**	**ほめてもらう(直接の受益態の構造)**
動作対象	動作の主体	動作
利益対象	利益主体	利益行為

　ヲ格の対象への働きかけの他動詞構文は、上の構文図にみられるように「太郎が次郎をほめる」のようなヲ格の動作対象への働きかけの他動詞構文が元になる動詞文で、その他動詞文に授与態「～てやる／くれる」動詞文が結合すると、ガ格の動作主体「太郎」が利益主体となり、ヲ格の動作対象が利益対象となり、その他動詞構文の構造にかぶさる形になっている。さらに受益態構文では、ガ格の動作主体(＝利益主体)「太郎」がニ格となり、ヲ格の動作対象(＝利益対象)「次郎」がガ格となって、他動詞構文および授与態構文と対立する形になっている。

　すなわちヲ格の動作対象への働きかけの他動詞構文は、授与態ではその他動詞構文の構造の上にかぶさる形で、受益態は元になる他動詞文および授与態構文と格の交替が起こる対立の構造になっている。

＜ヲ格の動作対象への働きかけを表す他動詞群＞
　やりもらい構文で直接の受益態になるヲ格の動作対象への働きかけを表す他動詞には以下のような①と②のような他動詞である。①類の動詞は「ヲ」格に人名詞をとる動詞群で、「ヲ」格の人名詞への直接的な働きかけを

表す動詞群である。また②類の動詞は人への働きかけ性と物への働きかけ性、両方持っている多義動詞で、ヲ格に人名詞を取る場合に限って直接のやりもらい構文になる。

① 類：人への働きかけの動詞群[1]
なぐさめる、幸せにする、励ます、信じる、心配する、元気づける、ほめる、可愛がる、いたわる、かばう、もてなす、迎える、救う、歓迎する、擁護する、歓待する、待ち受ける、育てる、救う、解放する、看病する、助ける、起す、招待する、案内する、釈放する、連れていく、連れてくる、泊める、誘う、～だす(誘い出す、連れ出す)、やる(行かせるの意味)、手伝う、治療する

② 類：への働きかけと物への働きかけ性、両方持っている動詞群
拾う、上げる、入れる、送る(見送るの意味の場合)、乗せる、はずす、おろす、放す、渡す、出す、横たえる、置く、分ける、大事にする、許す

2.1.1 心理的な状態変化による利益構文

ヲ格の対象へのはたらきかけの構文の「直接の授与態」は、ヲ格の動作対象への働きかけの構文に、「～てやる／くれる」動詞構文がかぶさって出来ている構文で、「動作主体(＝利益主体)ガ動作対象(＝利益対象)ヲ～てやる／くれる」のような構文を成している。本稿では、「～が～を～てやる」の

---

1) 上の動詞の中で「手伝う、治療(を)する、起す」動詞は「直接のやりもらい」と「持ち主のやりもらい」両方にまたがっている動詞である。「手伝う」と「治療する」のような動詞群は、「太郎が次郎を手伝う」とも「太郎が次郎の仕事を手伝う」とも言えるし、「治療する」も「医者が次郎を治療してやった」とも「医者が次郎の足を治療する」とも言えるので、「手伝う」「治療する」「起す」などの動詞群は、直接のやりもらいと持ち主のやりもらい、両方にまたがる動詞である。

構文は与え手側利益授与態に、「～が～を～てくれる」の構文は受け手側授
与態構文に分けて、さらに奥田(1983)の動詞の連語論的な観点から動詞の
持つ意味的な側面も視野に入れて考察することにする。本稿ではヲ格の動
作対象への働きかけの他動詞構文を、さらに奥田(1983)の連語論的な観点
から動詞を意味的な面でみると、「心理的な状態変化」、「生理的な状態変
化」「動作的な態度」「空間的な位置変化」等に分けることができる。すなわ
ちヲ格の動作対象への働きかけの具体的な内容であるともみることがで
きる。

2.1.1.1 直接の授与態

A. 与え手側授与態

(1) 源氏は息子をほめてやった。(新源氏物語)

(2) 「てつぞうちゃん、このまえ、ハエだめってとってごめんな」
「ん」と鉄三は文治を許してやった。(兎289)

(3) そう言って俺が嘉代を励ましてやった。(新生)

(4) そう思って、大将はできるだけその男を大事にしてやった。

(路傍の石)

上の構文(1)～(4)の元になる動詞文は「ほめる」「許す」「励ます」などで、動
作主体が動作対象に心理的にある変化をもたらす動詞である。「源氏」「鉄
三」「俺」等のガ格の人物がヲ格の動作対象に心理的な変化をもたらすこと
が、ヲ格の動作対象「息子」「文治」「嘉代」が利益を得たことを表している。

B. 受け手側授与態

(5) 馬鹿めが！と舅は言っていたが、いずれは帰ってきますよ、と静は方
子をなぐさめてくれた。(剣339)

(6) その上級生は私たちを<u>可愛がってくれていた</u>人で誘われるまま鮨を
　　ご馳走になり数軒酒場へ連れて行かれた。(乳95)

(7) 仲田は永子を<u>いたわってくれた</u>。(女267)

(8) 先輩は、私を<u>励ましてくれた</u>。(東京八景)

(9) いまだって、君は私を無心に待っているだろう。ああ、待っているだ
　　ろう。ありがとう、セリヌンティウス。よくも私を<u>信じてくれた</u>。
　　　　　　　　　　　　　　　　　　　　　　　　　　　(走れメロス)

(10) そこへ、若い駅員がやって来た。「あ、すみましたか？　ちょっと駅長
　　　がお話があるそうなんですが」駅長室へ入ると、半ば髪の白くなりか
　　　かった駅長が、丁重に伸子を<u>迎えてくれた</u>。(女社長に乾杯)

(11) その人はお菓子を出し、お茶を入れ、コーヒーをもってきたかと思う
　　　とジュースを運んできて、ひたすらわたしを<u>もてなしてくれた</u>。
　　　　　　　　　　　　　　　　　　　　　　　　　　　　　(ネコババ)

(12) ここの女社長は、男まさりで遣り手の経営者タイプで、土岐を<u>だい
　　　じにしてくれた</u>。(われらが風狂)

(13) 今から二十年ばかりも前に、私は北海道の方にある親戚を訪ねるた
　　　め日露戦争当時の不安な空気の中を遠く小諸から旅した事がある。
　　　その時、二人の未知の友が青森の宿の方で私を<u>待ちうけてくれた</u>。
　　　　　　　　　　　　　　　　　　　　　　　　　　　(市井にありて)

(14) さて、わしが五年ぶりで、江戸の実家——この家に帰ってくると、
　　　年とっていた両親は、昔のことを忘れて、わしを<u>歓迎してくれた</u>。
　　　　　　　　　　　　　　　　　　　　　　　　　　　(石中先生・完)

(15) と、そんな僕の姿を見るに見かねたのか、突然、はじめのうち先頭に
　　　立って僕を攻撃していた海老原という世の高い男が、反対に僕を<u>擁
　　　護してくれた</u>。(僕って何)

(16) 叔母は、「おやおや、まあ御珍らしい事」と云って、何時もよりは愛

想よく宗助を歓待してくれた。(門)

(17) その日、草田の家では、ずいぶん僕を歓待してくれた。(水仙)

また上の用例(5)～(9)のように「なぐさめる、かわいがる、いたわる、励ます、信じる」等の心理的なことを表す他動詞構文にやりもらい動詞が結合している。このような心理的な意味合いの前項動詞とやりもらい動詞が結合すると、利益対象「方子」「私たち」「永子」「私」「私」へ、心理的な利益をもたらすことを表している。また(10)～(17)のように「迎える、もてなす、だいじにする、待ち受ける、歓迎する、擁護する、歓待する、款待する」等のような他動詞にやりもらい動詞が結合すると、「ガ」格の利益主体の「ヲ」格の利益対象を受け入れる態度のような意味を表している。その動作主体(利益主体)の態度に対して、「ヲ」格の受け手が有難く感じていることを表している。

2.1.1.2 直接の受益態

直接のやりもらいの中で、授与態「～てやる/くれる」は、利益主体が「ガ」格の主語となり、利益対象の補語「ヲ」格および「ニ」格への利益行為を表している。それに対して、受益態は利益対象が「ガ」格の主語となり、利益主体が補語の「ニ」格として現れる。

(18) 「ほんまによかった」と高丸は涙声で云った。「矢須子は不断から、二人に可愛がってもらっておったんでの、あの世へも一緒について行ったものとばかり諦めて来たんじゃ。」(黒193)

上の用例(18)では「二人が矢須子を可愛がる」という人への働きかけの構文を、受け手のたちばから受け手を主語にした受益態文であるが、「可愛がる」という動詞の意味合いから意味的には利益対象へは心理的な利益になる。

2.1.2 生理的な状態変化による利益

2.1.2.1 直接の授与態

A. 与え手側授与態

(19) 女中は倒れた女の子をかばってやった。(少年の死)

上の用例(19)では「倒れた女の人を支えた」という意味合い[2]で、ガ格の「女中」という人物がヲ格の女の子を「かばう」ことによって、動作対象「女の子」に利益をもたらしたことを表している構文である。すなわち動作主体が動作対象へ生理的な状態変化を起こすことによって、動作対象が利益を得る構造である。

B. 受け手側授与態

(20) うまいぐあいに、そこへ妻の文枝が出てきて、伊沢をたすけてくれた。(さきに愛あり)

(21) 「僕は、自分をこのように育ててくれたお祖父さんを、いまでも有難いと思っております。」(剣368)

(22) 熱を出して寝込んだおれを看病してくれたのは母だった。(湿原)

(23) モーツァルトが、この宮殿の、みがかれた寄木細工の床ですべってころんだ時、ひとりの皇女が彼を助け起してくれた。(四千字劇場)

(24) 彼女は正確に二時半に僕を起してくれた。(世界の終りと)

「たすける、育てる、看病する、助け起す、起す」等の他動詞とやりもらい動詞が結合すると、「ヲ」格の利益対象への生理的な状態変化による利益を表している。生理的な状態変化による利益とは、受け手に何らかの生理

---

2) 「かばう」のような動詞は、多義的な動詞で、心理的に「見方になった」のような意味あいの場合は、心理的な状態変化による利益をもたらす構文になる。

的な変化を加えることを表す動詞、「たすける、育てる、看病する、助け起す、起す」等のよって表され、そのことによって受け手が利益になったと捉えている構文である。

2.1.2.2 直接の受益態

(25) 僕はね、父さんの会社の人たちに<u>助けてもらった</u>。（毎日706特）

(26) 「ええ、この国ではヒンズー教徒は年をとると、家を子にゆずり、放浪修行の旅に出るんです。その人たちのことをサードゥーと呼ぶんですが、ぼくはサードゥーに<u>拾ってもらったんです</u>」(河)

(27) 朝の家事をひと通りすませると、ソファにうたた寝するのが私の日課だった。そして母に<u>起こしてもらった</u>。（毎日9708）

(28) 悦子は母の沈痛な顔色におされて、肩をすくめていた。
「あのね、変な話だけど・・・その<u>お医者さんにみて貰った</u>上で、もし私の病気が癒らないものだと言われた時に・・…」
「そんな…そんなことはありませんわ、お母さま」(坂196)

本稿では「助ける、拾う、起す、診る、手伝う」などのような動詞による利益を意味的には生理的利益に分類するが、用例(25)は「父さんの会社の人たちが僕を助ける」という元になる文から、働きかけの受け手のたちばから、受け手を主語にして「僕が父さんの会社の人たちに助けてもらう」という受益態の文が成り立っている。同じく、用例(26)と(27)では、それぞれ「サードゥーがぼくを拾う」という元になる文から、「ぼくがサードゥーに拾ってもらう」という受益態の文が、「母が私を起こす」という文から、「私が母に起してもらう」という文が、また用例(28)では「お医者さんが私を診る」という文から、「私がお医者さんにみてもらう」という受益態の文が出来ている。

2.1.3　空間的な位置変化による利益3)

「横たえる、渡す、出す、下ろす、置く」等の動詞は利益対象を空間的に移動させることによって、利益対象に利益をもたらすので、その空間的な移動の場所は「ニ」格および「ヘ」格によって広げられる。利益主体が「ヲ」格の利益対象を、空間的に移動させることが利益対象の利益になるような場合を空間的な位置変化による利益であるとする。そのような空間的な位置変化による利益の場合には、移動の出発点を表す「カラ」格で構文が拡大される場合と、移動の目的地である「ニ」格および「ヘ」格、または「マデ」格で拡大される場合がある。

2.1.3.1　直接の授与態

A. 与え手側授与態

<ニ格およびヘ格への拡大－目的地—>

(29) ぼくは折れた彼女をまっすぐにして<u>ベッドに横たえてやった</u>。

(聖少女)

(30) 秀一はコーヒーを飲み終わると、猫に、「もう、そろそろ、外もぬくうなって来たから、行って遊んでおいで」と猫なで声で言い、わざわざガラス戸を開けて、そっと<u>日溜りの縁先へ下してやった</u>。(衣66).

---

3) 奥田(1983)では、空間的な位置変化をあらわす連語について次のように指摘している。

「空間的な位置変化をあらわす連語では、かざられ動詞は人間の空間的な移動をしめしていて、を格の名詞でしめされる人間がその移動をおこなう。したがって、この種の連語は、場所をしめすに格あるいはへ格の、から格あるいはまで格の名詞でひろげられるのがふつうである。移動のむすびつきをいいあらわす単語のくみあわせでは、かざり名詞が人間をしめしていて、かざられ動詞は、なんらかのかたちでその人間にはたらきかけて、その結果よびおこした空間的な移動、これをしめしている。」

B．受け手側授与態

＜ニ格およびヘ格への拡大－目的地―＞

(31) 一時間程休んでから、男が私を別の<u>温泉宿へ案内してくれた</u>。

(伊豆の踊子)

(32) 「でも、ガンバさん、あなたは、信頼できる仲間を<u>ここに連れてきてく</u><u>れた</u>。そして、それだけならまだしも、あなたは、ぼくたちのリーダーなんですから。それ、忘れないでくださいよ。(冒険者たち)

　「案内する、連れてくる」などのような他動詞構文にやりもらい動詞が結合した場合、「ヲ」格の利益対象の移動の目的地が「ヘ」格および「ニ」格によって示される。

＜ニ格への拡大―移動の目的―＞

(33) マルセルさんは、それからというものは、毎日私を朝晩二回<u>散歩に誘</u><u>い出してくれた</u>。(巴里に死す)

(34) きぬ子と結婚するまえ、きぬ子を一時あずけておいたことのある、山の手の家の夫妻が、行介を帝劇の<u>女優劇に招待してくれた</u>。

(山本・波)

(35) 美津子は公証役場で月給をもらっているうちに、すぐ傍の家具屋に勤めていた毅と知り合いになった。(中略)生活に疲れ切っているか、世の中で自分より少しでもましな人間に対しては反射的に怨みか悪意を持っているような役場の同僚と比べて、毅は少し陽気に見えただけである。映画が好きだったり、コーヒーの味について知ったかぶりをしたり、友だちに借りた車で<u>ドライブに連れて行ってくれた</u><u>りした</u>。(秋190)

　上の用例(33)～(35)では、「散歩に」「「女優劇に」「ドライブに」と「ニ」格によって、その移動の目的が示されている。「誘い出す」「招待する」「連れていく」等の移動によって、受け手「私」「行介」「美津子」が利益になったということを表している。

<マデ格への拡大―移動の到着点―>

(36) 大森はもっと何かを喋ろうとしたが、そのまま口をつぐんでじっとその写真を見ていた。それからしばらくして竜夫は大森の家を辞した。<u>大森は駅まで送ってくれ</u>、売店でチョコレートを買ってくれた。

(蛍川)

(37) 彼女はおつりをコートのポケットに入れ、左手でしっかり本を抱え、右手でまたぼくの手をとって、ぼくを無事に<u>店の外まで連れ出してくれた</u>。(赤頭巾ちゃん)

　前掲の「ニ」格および「ヘ」格と同じく、移動の到着点が「マデ」格によって示される場合が、上の用例(36)と(37)で、「駅まで」「店の外まで」が「ヲ」格の利益対象「竜夫」と「ぼく」の移動の到着点を表している。

2.1.3.2 直接の受益態

　空間的な位置変化による利益も、受け手の移動先が「ニ」格および「ヘ」格で示されている場合と、「マデ」格で示されている場合とがある。さらに直接受益態は構文の構造からガ格の利益対象がニ格の動作主体(利益主体)から恩恵を受けた場合が多いが、構文によっては「頼んで」という副詞句と共に使われる場合がある。

A．恩恵受益

＜二格への拡大＞

（38）その家の御主人は厳格なひとで、私の帰宅のおそすぎる時には、こ
　　　らしめの意味で門をしめてしまうのである。「いいわよ。」とお篠は落
　　　ちついて、「知ってる旅館がありますから。」引返して、そのお篠の
　　　知っている旅館に<u>案内してもらった</u>。（チャンス）

　　上の用例(38)では、「お篠が私を旅館に案内する」ことによって、受け手
である「私」が利益を受けたことを表している構文であるが、「案内する」とい
う移動動詞が前項動詞である場合、移動先が「ニ」格によって拡大される。

B．依頼受益4)

　　受益態で「ガ」格は利益対象であると同時に、「ガ」格の主語で表されるこ
とによって新たに依頼主としての役割を兼ねている場合がある。以下の用
例では「ガ」格は利益対象であると同時に依頼主でもある。すなわち、「ガ」
格の利益対象が利益主体にある行為を依頼することによって動作主体の行
為が行われ、その行為によって利益対象は利益を受けるという構造で、多
くの用例では「頼んで」という副詞句が構文に現れている。

＜二格およびへ格に拡大＞

（39）私は、新潮社出版部長の新田敞さんに<u>頼んで</u>山本さんの所へ<u>連れて</u>
　　　<u>いってもらった</u>。（酒呑みの）

---

4) 受益態は利益行為の方向が非話し手の方から話し手への方への移動という面
　　で、利益行為の移動の面では「～てくれる」と一致するが、「～てくれる」構文にお
　　いては利益対象は補語である「ニ」格で表されていることから、補語である利益対
　　象が主語の「ガ」格に利益行為を依頼することはできないのに対して、「てもらう」
　　においては利益対象が主語の「ガ」格の主語の位置に来ることによって、動作主
　　体(利益主体)に依頼する依頼主として性格を持つ場合がある。

(40) 葉子はその癖、船客と顔を合せるのが不快でならなかったので、事務長に頼んで船橋に上げてもらった。船は今瀬戸内のような狭い内海を動揺もなく進んでいた。(或る女)

(41) 勇はかつぎ屋より海人の方が遥かにいいと思い、近所の島吉と云う海人に頼んで、舟に乗せてもらった。(海人舟)

　用例(39)〜(41)では、構文に「頼んで」という副詞句が現れていることから、利益行為は「ガ」格の利益対象の依頼によって成されたことが表されている。このような「頼んで」という副詞句と共に受益態が使われた場合、「ガ」格の利益対象は依頼主としての性格も兼ねている。それぞれ利益対象である「私」、「葉子」、「勇」が、自分を「連れていく」「上げる」、「乗せる」ことを、動作主体(利益主体)「山本さん」、「事務長」、「海人」に依頼している構文であるが、その移動先が「へ」格および「ニ」格の「山本さんの所」「舟橋に」、「船に」等と「へ」格や「ニ」格によって表されている。

＜マデ格への拡大＞

(42) ちょうど酒屋のライトバンが配達にきていたので、霧子は、すぐ酒屋の若い息子に頼んで、まきのドライブインまで送っていってもらった。

(さきに愛あり)

　上の用例(42)では利益対象「霧子」の依頼の結果、「酒屋の息子が霧子を送った」ということを、受け手の「霧子」のたちばで語っている構文であるが、その移動の到着点が「マデ」格によって拡大されている構文である。

2.1.4 社会的な位置変化による利益[5)

2.1.4.1 直接の授与態

(43) 尾崎ふみ子は自分より一足さきに金山明夫を学校へ<u>出してやった</u>。

(人間の壁・下)

(44) これは文左衛門の許さぬところだったが、同じ村に住む彼の姉のお亀さんという女が甚作を可愛がり手元に<u>置いてやった</u>。

(楡家の人びと)

「出す」や「置く」のような動詞は多義動詞[6)で、「ヲ」格に人名詞が来るときには「〜(人)を(場所)に出してやる/くれる、置いてやる/くれる」のように直接のやりもらいを成す。ヲ格の動作対象「金山明夫を学校に出す」や「甚作を手元に置く」という「学校」や「手元」というニ格の場所を表す名詞と結びついて、その動作対象の社会的な状態の変化を表している。

2.1.4.2 直接の受益態

すなわち、以下の用例(45)と(46)では、「ニ」格のかざりの名詞が単なる移動先を表しているだけでなく、そのかざりの名詞によって、受け手の社会的な身分などが変化したことが表されている。

---

5) 本稿で社会的な位置変化という用語は奥田(1983)によるが、奥田(1983)では、社会的な状態変化を表す連語について次のように言及している。
「社会的な状態変化をあらわす連語では、かざり名詞でしめされる人間が、あたらしい人間関係のなかにひきこまれる。あるいは、その人の社会的な状態を変化させることが表現されている。」
6) 上の用例での「下ろす」と「置く」という動詞は多義的な動詞である。「ヲ」格に物名詞が来る時は、物への働きかけで第三者のやりもらいを成すことになる。

＜ニ格＞で拡大される場合

（45）徹吉は父親に連れられて上京し、東京の中学校に入れてもらった。

（楡家の人びと）

＜マデ格＞で拡大される場合

（46）親爺の家は滋賀県の農家だったから、伯父貴は大学を出ていない。
　　　大学までやってもらったのは、うちの親爺だけだった。（親爺130）

　上の用例(45)と(46)では、移動の目的地であるニ格の名詞が「中学校」や
「大学」で、単なる移動の目的地だけを表すのではなく、そのかざりの名詞
の性格によって、「ガ」格の利益対象「徹吉」「うちの親爺」の社会的な位置の
変化をも表している。その社会的な位置変化によって、受け手「「徹吉」「う
ちの親爺」が利益になったと捉えている構文である。

2.2 「ニ」格の相手対象への働きかけの他動詞

太郎が	次郎に	パソコンを	教える
動作主体	動作対象	対象物	働きかけの動作
太郎が	**次郎に**	**パソコンを**	**教えてやる／くれる**
動作主体	動作対象	対象物	働きかけ動作
利益主体	利益対象	利益物	利益行為
次郎が	**太郎に**	**パソコンを**	**教えてもらう**
動作対象	動作主体	対象物	働きかけの動作
利益対象	利益主体	利益物	利益行為

　ニ格相手の対象への働きかけの他動詞構文は、上の構文図にみられるよ
うに 「太郎が次郎にパソコンを教える」のようなヲ格の動作対象への働きか

けの他動詞構文が元になる動詞文で、その他動詞文に授与態「～てやる／くれる」動詞文が結合すると、ガ格の動作主体「太郎」が利益主体となり、ニ格の動作対象が利益対象となり、その他動詞構文の構造にかぶさる形になっている。さらに受益態構文では、ガ格の動作主体(＝利益主体)「太郎」がニ格となり、ニ格の動作対象(＝利益対象)「次郎」がガ格となって、他動詞構文および授与態構文と対立する形になっている。

　すなわちニ格の動作対象への働きかけの他動詞構文は、授与態ではその他動詞構文の構造の上にかぶさる形で、受益態は元になる他動詞文および授与態構文と格の交替が起こる対立の構造になっている。

<「ニ」格の相手への働きかけの動詞群>

　ニ格の相手への働きかけの構文は、以下の①類の動詞群のように、「～が～に～をしてやる／くれる」のように「ヲ」格の利益物を伴う場合と、②類の動詞群のように「～が～にしてやる／くれる」のように「ヲ」格の利益物を伴わない場合がある。

　① 対象物(ヲ格)を伴う動詞
　　a. ニ格の相手対象への働きかけの他動詞
　　　「おごる、、譲る、見せる、届ける、送る(物への働きかけ)、貸す、預かる、提供する、お酌をする、(酒を)差す、与える、返す、よこす、渡す、ご馳走する、教える、許す、許可する、仕込む、躾る」
　　b.言語活動の動詞群
　　　「打ちあける、話す、話(を)する、説明する、言う、講義をする)、伝える、約束する、忠告(を)する、注意(を)する、紹介する、示す(提示する)、(力を)添える、サービス(を)する、出す、許す、つける、残す、注ぐ、よそう」などの他動詞群7)。

　　c．ヲ格の物への働きかけの他動詞

　　　　「作る、拵える、用意する、建てる、仕上げる、(お茶を)入れる、
　　　　支度する、ととのえる」のような生産動詞、「切る、焼く、炊く、
　　　　そろえる、沸く、剥く、開く、開ける」のようなもようがえ動詞、「投
　　　　げる、投げ出す、持っていく、持ってくる、運ぶ、とりだす、ひく」
　　　　のようなうつしかえ動詞8)、「買う」のような物のやりもらい動詞

②　利益物(ヲ格)を伴わない動詞9)

　　　　「優しくする、親切にする、仲良くする、近づく、付いてくる、逢
　　　　う、挨拶する、付き合う、しゃべる、朗読する．のべる」等のような
　　　　二格の対象を取りうる自動詞

　上で言及した「生産動詞」「もようがえ動詞」「うつしかえ動詞」「やりもら
い動詞」の一部、「言語活動の動詞」の一部のようにモノゴトへの働きかけの

---

7)　動詞群の中で「出す、許す、つける、残す」の動詞群は「ヲ」格の対象への利益行
　　為と「二」格の相手への利益行為、両方にまたがっている動詞群で、「ヲ」格に人
　　名詞がくる場合には「ヲ」格の対象への利益を、「二」格に人名詞がきた場合には
　　＜二＞格の相手への利益を表す。また「注ぐ、よそう」動詞は「直接のやりもらい」
　　と「持ち主のやりもらい」との両方にまたがっている動詞群で、「コップに酒を注ぐ」
　　ことを表す、つまり具体的な動作のことを指す動詞である。それが相手を表す
　　「二」格と共に使われる場合は、「彼のコップに酒を注ぐ」のように相手は持ち主で
　　ある「ノ」格で表されるはずであるが、「彼に酒を注ぐ」のような「二」格の相手への
　　働きかけも表している。
8)　奥田(1983)p33では「うつしかえ動詞」について次のように定義している。
　　「うつしかえのむすびつきをあらわす連語では、はたらきかけをうける物は空間的
　　な位置変化をするだけにとどまる。したがって、この種の連語では、場所をあら
　　わすに格あるいはヘ格、から格あるいはまで格の名詞でひろげられて、意味的な
　　完結性をもつことができる。」
9)　②類の動詞群は「ヲ」格の利益物を伴わないで、「二」格の相手をとる自動詞群で
　　あるが、②－1人への態度を表すような動詞群は利益対象を「二．格でしか表せな
　　いが、②－2の対面動詞群の場合は利益対象は「二」格でも「ト」格でも表すことが
　　できる。

他動詞は元になる動詞文には本来は動作対象は存在しない構文であるが、やりもらい動詞と結合することによってニ格の動作対象への働きかけ性を獲得する動詞である。

2.2.1 ヲ格の対象物を伴う利益

2.2.1.1 直接の授与態

A．与え手側の授与態

＜ i ＞ 対象物が物の場合

(47) その代り富子が結婚した時、当時上海にいた武助は、結婚祝いにみごとな絨氈を送ってやった。(徳山道助)

(48) 成二はあっけにとられた。大学に進むのは、六助であった。父親としては、進学に際して必要な金を出してやることの外に、いったい、なにをしろというのか。(女282)

(49) ここには長見氏が串田次郎に十五万円を貸してやった、ということだけが記入されており、元金にたいする利息は記入されていない。

(剣274)

(50) 苦笑しながら、成二が涙ぐんでいるのを、はるみは知った。
コップに一杯、日本酒を冷やで注いで、成二に渡してやった。

(家209)

(51) 祐志は散歩から帰ってきて、
「君がうなされてうるさくって起きちゃったから、勇気を出して、外でひとりでカプチーノを飲んできた。そうしたら、薄いんだけど、妙においしくってねえ、そこで朝ごはんおごってやるから、後でもう一回行こうよ。」とのんきに言った。(ハネ124)

　用例(47)～(51)も、「武助が富子に絨氈を送った」「成二が六助に金を出

す」「長見氏が串田次郎に十五万円を貸す」「はるみが成二に日本酒を渡す」「祐志が君に朝ごはんをおごる」という「ヲ」格の対象物を伴う働きかけの非やりもらい構文に、「やる／くれる」というやりもらい構文がかぶさって出来ている構文である。この構文においては「ヲ」格の利益物は具体物で、利益主体と利益対象との間で、やり取りのできる物である。

＜ii＞ 対象物が言語の場合

(52) その晩行一は細君にロシアの短篇作家の書いた話をしてやった。

(雪後)

(53) その夜、僕は枕元で看病して呉れる彼女に色色幼時の思い出なぞ語ってやった。(地中海)

(54) 中一日置いて、宗助は漸く佐伯からの返事を小六に知らせてやった。(門)

(55) 取りあえず、彼はこのことを国許の妻子に知らせ、多吉方を仮の寓居とするよしを書き送り、旅の心もやや定まったことを告げてやった。(夜明け前・二)

(56) そう言って、五郎は、その雀とりの話をしながら．もう一度二つの秘訣を二郎に説明してやった。(鐘供養の日)

(57) サンダルを突っかけて、はるみも外へ出た。
「そこまで一緒に行きましょう、どうせ、買い物もあるから」
行きつけのお茶屋に行って、番茶を教えてやった。かさばる包を持って、哲夫はにこにこと地下鉄の階段を下りて行く。(女)

言語活動による利益は利益主体が利益対象に対して、利益対象の利益になる情報などを提供することによって利益をもたらす構文で、「ヲ」格の利益物は「話、思い出、返事、秘訣、番茶(の名前)などの言語活動の内容で

ある。言語活動のやりとりにおいては、その情報を利益主体と利益対象の間で、情報の内容をやりとりをするような構文である。

B. 受け手側の授与態

＜ｉ＞ 対象物が物の場合

(58) 誉められて、はるみは笑顔になった。

「なくなりました主人がお茶が好きで……、川根のお茶は、主人の弟が毎年、送ってくれておりまして」(家95)

(59) 三時間の旅の間に、佐竹は一度、娘のために京都へ持って行く本だが、よかったら読まないかといって、綾子に絵本とチョコレートを届けてくれた他は、自分の席を動かなかった。(女51)

(60) お婆さんは茶戸棚のところに行って、小饅頭などを取出し、孫と捨吉とに分けてくれた。(桜の実の熟す)

(61) 私はそれから二三日して、お内儀や八重や、遍路に別れをつげて東京に帰って来た。帰りの旅費にといって、お内儀は私がお内儀にわたしただけの金をそのままかえしてくれた。(足摺岬)

(62) 彼女はコピーのスウィッチを押してモニターＴＶのスクリーン・コピーをとり、それを私にわたしてくれた。(世界の終りと)

(63) 祖母さんはぼくにお守りを借してくれた。(農学生の日誌)

(64) 医者の息子だった原崎は、絵本や講談本を沢山持っていて厚夫に貸してくれた。(湿原)

(65) 行って屋台店の前に立つと、支那人は塩と唐辛の入った汚い皿と、上手に剥いた果実とを私に出してくれた。(海へ)

(66) 勝美さんの客は、私にも酒を差してくれた。(放浪記)

(67) しかし、裕弥ちゃんと島根医大のスタッフはたくさんのものを私たちに残してくれた。(社説90)

(68) 店に戻ると、主人が皆にうどんを一杯ずつ<u>ご馳走してくれた</u>。

（人生案内）

(69) 真田夫人は、彼に濃い緑茶を<u>注いでくれた</u>。(氾濫)

(70) 「ちょうどお燗もつきましたから……」　ハマ子は慣れた手つきで、二人にお酌を<u>してくれた</u>。(石中先生・三)

　上の用例(58)～(70)では、前項動詞は「送る、届ける、分ける、かえす、わたす、借する、貸す、出す、提供する、差す、残す、ご馳走する、注ぐ、お酌をする」等の動詞で、なお「ヲ」格の利益物が「お茶、絵本とチョコレート、小饅頭、金、コピー、お守り、絵本や講談本、果実、酒、うどん、緑茶、お酌」等で、それらの利益物が「ニ」格の利益対象に移動することによって利益になるような構文である。

＜ii＞ 対象物が言語活動の場合
　対象物が言語活動の場合には利益主体は情報の出所としての性格も持つことになるので、利益主体はガ格でもカラ格でも表示される。

＜動作主体(＝利益主体)がガ格で示される場合＞
(71) 要介は補足した。

　　　「個人教授なんだ。フランス人の婆さんが家庭で作るケーキを<u>教えてくれる</u>…」(女251)

(72) 国を出たこと、娘のこと、国本氏も彼にこまかに<u>打ちあけてくれた</u>。

（地上・二）

(73) ところが、母はただまじまじと彼の繃帯でくるんだ顔を見つめるだけだった。そして、かすかなため息をもらすと、すぐ眼をそらしてしまった。「おすわり。」お祖母さんがやさしく声を<u>かけてくれた</u>。彼は

やっと救われたような気になって、彼女の横にすわった。

（次郎物語・一）

(74) 彼はいつか私にその<u>話をしてくれた</u>。（カクテル）

(75) 春日さんは煙草をくゆらせながら、時々背中を二つに折って、道端
　　 から菫の花などを器用に摘み取った。手品師のような花車な手つき
　　 で、花弁をむしり取っては僕に植物学の<u>講義をしてくれた</u>。（草の花）

(76) おけ屋が聞くので、男は、ありのままを話したら、
　　 「それは気のどくな。よかったら、わしのところで働け。」と、<u>いって</u>
　　 <u>くれた</u>。男はよろこんで、その日からおけ屋で働くことになった。

（空124）

(77) 「お母さん、利根さんが、やっぱりハワイへ行こうって<u>言ってくれた</u>
　　 よ」（衣72）

(78) 新年早々、私が手紙を送った遠縁の娘が、いい返事を<u>もたらしてく</u>
　　 <u>れた</u>。（帰郷）

(79) むろんその手紙をそのままおかねのところへ霧子はおくり、自分のあ
　　 さはかさを、心からあやまっておいた。おかねはもうその時には、気
　　 持ちをたて直しており、なにもあなたのせいではない、あの子のほう
　　 が人の親切を知らなすぎるのだという意の返事を<u>よこしてくれた</u>。

（さきに愛あり）

(80) ある大雑誌の社長は、私を激励して、その仕事のために、社内の一
　　 室と、一人の記者を提供すると、伝えてきた。また、ある大新聞の
　　 出版局長は、現状写真の撮影を、<u>約束してくれた</u>。（娘と私）

(81) シモダくんは、何もかもはじめての私に、貸し出しのしくみや、図書
　　 委員の仕事を<u>説明してくれた</u>。（膝小僧の神様）

(82) 田代さんは周囲のことには言葉を触れないで、さっき市役所で聞い
　　 て来た情報を僕に<u>話してくれた</u>。（黒い雨）

(83) 本屋は私に市価というものを考えるようにと<u>忠告してくれた</u>。

（本の話）

(84) 安楽はタバコ会社につとめながら学校に通い、あとから渡米してきてふなれな星に、いろいろ<u>注意をしてくれた</u>。（人民は弱し）

(85) そういう動物たちのいきいきとした姿を、上野動物園の元園長、古賀忠道さんは多くの著書で私たちに<u>伝えてくれた</u>。（天声人語86）

　上の構文(71)～(85)では、前項動詞が「教える、打ちあける、(声)をかける、話をする、講義をする、言う、(いい返事を)もたらす、(返事を)よこす、約束する、説明する、話す、忠告する、注意をする、伝える」等の動詞で、言語活動の動詞である。これらの言語活動の動詞群は、そもそも元になる文が「～が～に～を」のように相手対象をとる動詞群で、「ヲ」格の利益物はその言語活動の内容であるが、その言語活動に対して「ニ」格の利益対象が利益になったと捉えている構文である。

<動作主体(＝利益主体)が「カラ」格で示される場合>

(86) 伊坂幸子がそんなふうに<u>向うから言葉をかけてくれた</u>のが意外だったのだが、その時にまだ、美津子は幸子に心を許していなかった。

（秋192）

(87) 宮下蓉子は、その夏は、東京から車で二時間ばかり離れたＳという海辺の村に、部屋を借りることを夫に承諾させられた。今年は不景気で、部屋代も、去年に比べてほんの僅かだが、安くなっている。とは言え、決してはした金ではないのだから、<u>夫の時夫の方から</u>、そう<u>言い出してくれた</u>ことに対しては、感謝しなければいけない、と自分に言い聞かせてはいた。（藁22）

　受け手側の授与態で利益主体が「カラ」格で表されているが、用例(86)と
(87)では「向うから伊坂幸子に言葉をかけてくれる」「夫の時夫が宮下蓉子
にそう言い出してくれる」に、みられるように「言葉をかける、言い出す」等
のような言語活動の動詞の場合である。言語活動動詞の場合には利益主体
が情報の「でどころ」としての性格をも持ち合わせているので、利益主体が
「カラ」格で示される場合がある。

2.2.1.2　直接の受益態

　ニ格の相手対象による働きかけの構文を動作対象の方からみて、動作対
象を主語にした構文が直接の受益態である。「ニ」格の相手対象からの利益
行為が受益態構文になると、「（利益対象）が(利益主体)ニ／カラ〜ヲ〜テ
モラウ」のようなタイプの構文になる。そのような構文は、意味的には「物の
やりとりによる利益」と「生理的な利益」「言語活動による利益」等の場合が
ある。物のやりとりによる利益の場合は、利益主体がニ格かカラ格で示さ
れる。

Ａ．利益主体が「ニ」格で示される場合
（88）康太はメモをしまいなおすと、この話はこれで一応うち切りといわん
　　　ばかりに、老酒をのみほし、あらためて耕についでもらった。「この
　　　あいだ、友だちの身上相談をもちこまれてね、こまったよ」

（丹羽・顔）
（89）小谷先生は鉄三とふたりでゴミ置場を歩いて、鉄三にハエのえさを
　　　教えてもらった。（兎）
（90）今の内に新しいターンテーブルとカートリッジ、および替え針を手に
　　　入れておかなくては……」と、ぼくは慌てて秋葉原へ走った。実際に
　　　は歩いて行ったんだけど、心情的には走ったのッ。そしてオーディオ

の専門家らしき店員に、ターンテーブルを紹介してもらった。

（こんなものを）

(91) そのほかに彼は森口と志村とに時々来て話をしてもらうことにした。
二人は喜んで頼みを聞いてくれた。（生活の探求）

(92) 寺に入りびたっている時に、山本太郎は浜で、一人のお兄ちゃんと
知り合いになった。それが小堀流という日本泳法のうまい大学生だっ
た。太郎はそのお兄ちゃんに、みっちり、ただで水泳をしこんでもらっ
た。（太郎物語・高）

　上の用例(88)では「耕が康太に酒を注ぐ」という相手対象への働きかけの
構文が、受け手「康太」からみてそれが利益になったと捉えている構文で、
受け手を「ガ」格にして表した構文である。前掲で言語活動の動詞群は「ニ」
格の相手対象をとる動詞構文で、その構文が「～が～に～を～てやる／く
れる」の形で授与態を成していることをみたが、「ニ」格への働きかけの構文
を受け手側の立場から受け手を文の主語にして語った構文が、上の用例
(89)～(92)である。

B．利益主体が「カラ」格で示される場合
　受益態の構文の中には、利益主体が「カラ」格で示されている場合がある
が、利益主体が「カラ」格で示される場合は、「もらい相手」としての場合
と、10)「買う」などのやりもらい動詞、「読む」などの言語活動の動詞群、す
なわち物の移動か言語活動のように何らかの情報が移動したかのように受

---

10) 奥田(1983)では動作主体がカラ格をとり得る動詞について次のような動詞を挙
げている。
　「人を示すから格の名詞とやりもらい動詞とがくみあわさると、から格の名詞は
もらい相手を示す。」とし、カラ格がやりもらい相手のむすびつきをあらわす動
詞群について次のように挙げている。「もらう、取る、受け取る、うける、しぼ
る、しぼりとる、とりたてる、しぼりあげる、買う、盗む、得る」

け止められるような動詞群は受益態になったとき、利益主体を「カラ」格で
示すことができる。

(93) 修一郎はあいかわらず遊びまわっていた。ムスタングをボルボに乗り
　　　かえたのは今年の二月で、この金は祖父の悠一からだしてもらった。

　　　　　　　　　　　　　　　　　　　　　　　　　　　　　　　(冬の旅)

(94) 二三日前三四郎は美学の教師からグルーズの画を見せてもらった。

　　　　　　　　　　　　　　　　　　　　　　　　　　　　　　　(三四郎)

(95) 「私も」五月さんも、少し足を濡らしていた。二人はプールの端につ
　　　いている水道の栓で足を洗い、それから濡れたまま家のところまで来
　　　て、そこで女中さんから、雑巾とスリッパを貸してもらった。

　　　　　　　　　　　　　　　　　　　　　　　　　　　　　(太郎物語・高)

(96) 参院選で社会党躍進と並んで、もう1つの旋風を巻き起こした「連合
　　　の会」の議員が27日午前、当選証書を手に相次いで"初登院"、参院
　　　3階の第8委員会室に設けられた当選議員受付所で、参院職員から
　　　真新しい議員バッジをつけてもらった。(朝日・写89)

(97) 紋多は、七十四歳になった。それよりも十も若いころの父が、「歎異
　　　抄」の中から特にこの一節を抜き出して書いた。父は紋多にのこすた
　　　めに、これを書いたのではなかった。父の死後、何か父の形見がほ
　　　しくなって、丹阿弥市の弟から、この軸を譲ってもらった。

　　　　　　　　　　　　　　　　　　　　　　　　　　　　　　(蕩児帰郷)

(98) と言っても、国連はスパイ機を持っていないので、米国からU2、2機
　　　を借りあげ、飛行士、整備士も提供してもらった。(窓・9109)

(99) そのビニールハウスの隣に、畑を作って、はるみはトマトや胡瓜、茄
　　　子の苗を農家から分けてもらって植えた。(女たち276)

(100) 男というものの、のほほん顔が、腹の底から癪にさわった。一体なん
　　　だというのだろう。私は、たまには、あの人からお金を貰った。冬の

手袋も<u>買ってもらった</u>。(女の決闘)

(101) 兄さんには、学校なんか、つまらなくて仕様が無いのだろう。毎晩、
　　　徹夜で小説を書いている。ゆうべ兄さんから、マタイ第六章の十六
　　　節以下を<u>読んでもらった</u>。それは、重大な思想であった。

(正義と微笑)

　「出す、譲る、貸す」などのような動詞は「ガ」格は物の「でどころ」として
の意味も兼ねているので、利益主体は「カラ」格でも表すことができる。物
のやりとりにおいて「ヲ」格の利益物は上の用例にみられるように、「お金、
画、雑巾とスリッパ、バッジ」などの具体物である。ただし用例(98)では「飛
行士、整備士」で、物ではなく人間であるが、「人を提供する」のような意味
においては「物」扱いになる。

2.2.2 「ヲ」格の利益物を伴わない場合

　「頬擦りする、優しくする、親切にする、仲良くする、近づく、逢う、付
いてくる、挨拶する、付き合う」等の動詞は自動詞群で、ヲ格の利益物を
取らない動詞群である。これらの動詞はニ格の相手をとる自動詞群で、ニ
格の相手への働きかけはないが、利益主体から利益対象への接し方(親切
にする等)および対面すること(逢う等)によって、ニ格の相手(利益対象)に
利益をもたらす構文である。

2.2.2.1 接し方による利益

(102) 私は、留置場に入れられた。取調べの末、起訴猶予になった。昭和
　　　五年の歳末の事である。兄たちは、死にぞこないの弟に<u>優しくして
　　　くれた</u>。(東京八景)

(103) 部落の人たちも私たちに<u>親切にしてくれた</u>。(斜陽)

(104) 寺には、本所、深川で焼け出された檀家の人々が、へやを借りて住んでいた。その中には生前わたしの両親と親しかった人もいて、何かとわたしをなぐさめ、親切にしてくれた。お寺でも、よかったら、ずうっといて、ここから学校に行けば良いとまでいってくれた。恵子さんも、<u>仲良くしてくれた</u>。(硝子のうさぎ)

(105) 僕は少しでも長く薫さんにいて貰いたかった。薫さんは一時間程いて帰って行った。僕はその日でずっと薫さんに近づく事が出来た。薫さんの方からもずっと<u>近づいてくれた</u>。(冬の往来)

　前項動詞が「優しくする、親切にする、仲良くする、近づく」等の動詞は、動詞主体の接し方によって、それが利益対象である「弟、私たち、私、僕」が有難く感じとることを表す構文である。

2.2.2.2 対面による利益

(106) 吉本さんは事務室用の大きなテエブルを閑静な日本間に置いて、椅子に腰掛けながら捨吉に<u>逢ってくれた</u>。(桜の実の熟す)

(107) 彼は女王に挨拶されたように光栄を感じた。彼は紺がすりの着物を着ながしにし、鳥打帽子をかぶっていた。彼は一たいに身なりはかまわない方だった。この書生っぽに彼女が皆のいる前で平気で、丁寧に<u>挨拶してくれた</u>。このことが彼にはなおうれしかった。(友情)

(108) 「鈴ちゃんが、うちの前まで、遠まわりして<u>つき合ってくれたから</u>、その間に私、訊いたの。」(松186)

　また「逢う、挨拶する、つき合う」等の動詞も、動作主体が相手(利益対象)と対面することが、受け手にとって利益になったと受け止めるような動詞群である。

3. 直接のやりもらい構文のヴォイス性

　本稿ではやりもらいのヴォイス性をやりもらい構文内部のヴォイス性と受動態および使役態との関係、二つの側面から考察していく。やりもらい構文内部のヴォイス性とは、元になる動詞と授与態および受益態との関係を意味し、さらにそれぞれのやりもらい構文が受動態および使役態とはどのようなパラレルな関係にあるかを考察することにする。

3.1　やりもらい構文の内部のヴォイス性

＜ヲ格の動作対象への働きかけの他動詞構文＞

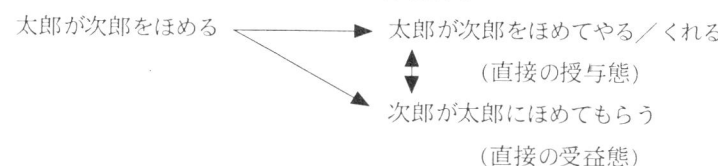

```
太郎が次郎をほめる          太郎が次郎をほめてやる／くれる
                                  （直接の授与態）
                           次郎が太郎にほめてもらう
                                  （直接の受益態）
```

＜ニ格の相手対象への働きかけの他動詞構文＞

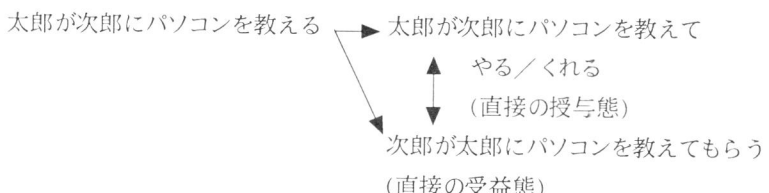

```
太郎が次郎にパソコンを教える   太郎が次郎にパソコンを教えて
                           やる／くれる
                                  （直接の授与態）
                           次郎が太郎にパソコンを教えてもらう
                             （直接の受益態）
```

　直接のやりもらい構文において、授与態は元の文に授与態構文がかぶさって出来ている構造であることは前掲したが、直接の受益態は元の文に対して、「ガ」格の動作主体が受益態では「ニ」格に、「ヲ」格の動作対象が「ガ」格にくるという点で、働きかけの動作のめぐっては元の他動詞文および直接の授与態構文と直接の受益態は格の交替が起こる対立の関係にある。

　また「ニ」格の相手への働きかけの構文においても、授与態では利益主体が「ガ」格、利益対象が「ニ」格で表され、「ヲ」格に利益物が来る構造である。それが受益態になると利益対象が「ガ」格で、利益主体が「ニ」格に、利益物は同じく「ヲ」格で表される構造を成しているので、対立する関係を成している。

3.2　受動態との関係

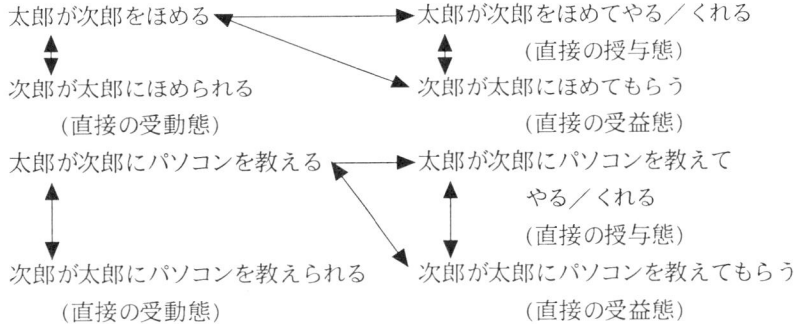

太郎が次郎をほめる → 太郎が次郎をほめてやる／くれる
（直接の授与態）

次郎が太郎にほめられる
（直接の受動態）

次郎が太郎にほめてもらう
（直接の受益態）

太郎が次郎にパソコンを教える → 太郎が次郎にパソコンを教えてやる／くれる
（直接の授与態）

次郎が太郎にパソコンを教えられる
（直接の受動態）

次郎が太郎にパソコンを教えてもらう
（直接の受益態）

　上の作例での「太郎が次郎をほめる」のようなヲ格の動作対象への働きかけの他動詞構文と「太郎が次郎にパソコンを教える」のようなニ格の相手対象への働きかけ構文の受益態「次郎が太郎にほめてもらう」と「次郎が太郎にパソコンを教えてもらう」のようなり、動作主体がガ格からニ格に、動作対象がヲ格およびニ格からガ格に変わるので、元になる動詞文とは対立する構造になる(ことを前掲したが。)そのような働きかけの立場に対して対立する構造は、直接の受動態「次郎が太郎にほめられる」および「次郎が太郎にパソコンを教えられる」と同じ構造を成している。

　すなわち直接のやりもらい構文は元になる動詞および直接の授与態と対立する関係にあり、その点で直接の受動態と同じような構造を成しているのである。

第三章
持ち主のやりもらい

1. はじめに

　持ち主のやりもらい構文は、働きかけは受け手の「ノ」格の持ち物である「ヲ」格と「ニ」格に及んでいるが、その持ち物(部分)を媒介にして、それの持ち主(全体—「ノ」格—)が利益を受けている構文である[1]。すなわち持ち主の部分である「ヲ」格と「ニ」格が働きかけを受けるが、結局は「ノ」格の持ち主がその利益対象になるという構造の文である。持ち主のやりもらい構文も動作主体から動作対象への働きかけ性があることから、直接のやりもらいの延長にあると思われるが、直接のやりもらいが利益対象の全体に働きかけが及んでいるとしたら、持ち主への利益行為は利益対象「ノ」格の部分である「ヲ」格と「ニ」格に及んでいるという点で区別し、持ち主のやりもらいとして分類した。

---

1) 村上(1986 a)では、持ち主のやりもらいにおいての「ノ」枠と「ヲ」格および「ニ」格との関係について、≪動作の客体が「を」格のかたちで補語の位置におかれ、そのもののもち主、あるいはまた、そのものを部分としたときの全体が主語の位置におかれている。≫とし、持ち主のやりもらいでは、動作対象が「ヲ」格および「ニ」格でしめされる「部分」であるとすれば、利益対象は「ノ」枠でしめされる「全体」であるというような関係にあることを指摘している。

2. 「持ち主のやりもらい」の構文の構造

　「持ち主のやりもらい」の構文は、ノ格の動作対象のヲ格やニ格の持ち物への働きかけの他動詞構文にやりもらい構文がかぶさって出来ている構文である。「ヲ」格の持ち物への働きかけの構文「太郎が次郎の頭を洗った」に対して、授与態では「太郎が次郎の顔を洗ってやった／くれた」になり、受益態では、「次郎が太郎に／から顔を洗ってもらった」のようになる。「ニ」格の持ち物への働きかけの構文で、授与態は「太郎が次郎の背中に灸をすえてやった／くれた」のようになり、受益態では「次郎が太郎に背中に灸をすえてもらった」のようになる。すなわち、授与態で利益対象である「ノ」格は、受益態では「ガ」格として交代されて、働きかけの部分「ヲ」格および「ニ」格は変わらない構造を成しているのである。

2.1 「ヲ」格の持ち物への働きかけ

<ヲ格の持ち物への働きかけ構文>

太郎が	次郎の	顔を	洗った
動作主体	動作対象(持ち主)	動作対象の部分	働きかけの動作
太郎が	**次郎の**	**顔を**	**洗ってやった/くれた**
動作主体	動作対象(持ち主)	動作対象の部分	働きかけの動作
利益主体	利益対象(持ち主)	利益対象の部分	利益行為
次郎が	**太郎に／から**	**顔を**	**洗ってもらった**
動作対象	動作の与え手	動作対象の部分	働きかけの動作
利益対象	利益主体	利益対象の部分	利益行為

<ヲ格の持ち物への働きかけを構成する動詞群>
　① 持ち主の身体への働きかけの動詞

「(頭を)なでる、(手を)ひく、(涙を)ふく、(肩を)なでさする、(手を)握る、(足を)洗う、(尻を)押す、(腰を)もむ、(足を)治療する、(背中を)流す、(足を)さする、(肩を)たたく」等の他動詞群

② 持ち主の持ち物への働きかけの他動詞群

「雪を払う、紐をむすぶ、ボタンをかける、帯を結びなおす、氷片を落とす、(食事を)豊かにする、下駄を直す、ワイシャツを畳む、洗濯をする、帽子を上げる、手錠をはずす、降ろす2)」等の他動詞群

③ 持ち主の内面へのはたらきかけの動詞群

「(意を)汲む、(希望を)かなえる、(心情を)察する、(申し出を)承諾する、(心を)分かる、(言い分を)了解する、慰める、待つ、労をねぎらう、許す、心配する、信じる」等の他動詞群。

2.1.1 持ち主の身体への働きかけ

前節での直接のやりもらい構文においては、「ヲ」格と「ニ」格は働きかけを受けるその人であったのに対して、ここの「持ち主のやりもらい」構文においての「ヲ」格および「ニ」格は身体の一部分(手、心など)であったり、所有物(財布など)であったり、あるいは一時的に使用するものであったり(席など)、一時的に身についている(雪など)ものであったりする。その「ヲ」格と「ニ」格の部分への働きかけが、「ノ」格の持ち主へ利益をもたらすような構造を成している構文である。

---

2) 持ち物への働きかけの他動詞の中で「下ろす、はずす」という動詞は「人への働きかけ」と「物へのはたらきかけ」の両方への働きかけをもっている動詞であるが、ヲ格の名詞に人名詞がきた場合には「直接のやりもらい」を、「ヲ」格に物名詞がきた場合には、「持ち主のやりもらい」を成すことになる。

2.1.1.1 持ち主の授与態

　持ち主の身体への働きかけの動詞群は、「ノ」格の持ち主と「ヲ」格の持ち物との関係は、「ヲ」格は「ノ」格の身体の一部分で、「ノ」格と「ヲ」格は切り離せないものである。利益主体から利益対象「ノ」格の身体の一部分「ヲ」格への働きかけが、「ノ」格の持ち主の利益になるという構造を成している。

A.与え手側授与態

(1) 村野先生はかわいそうになって、浩二の頭を<u>なでてやった</u>。(兎)

(2) バスケットは、上り道になって要介が持った。
　　今日も、この前にならって、さりげなく花緒の手を<u>ひいてやる</u>。

(女129)

(3) 行介はきぬ子の涙を<u>ふいてやった</u>ハンカチを、自分の眼に押しあてていた。(波52)

(4) 須賀も貰い泣きしながら由美の細い肩を<u>撫でさすってやった</u>が、

(坂71)

(5) その夜から彼女は昏睡状態に入った。時々、何かうわ言を言う。磯辺はそばに坐り、病人の手を<u>握ってやる</u>ほか、何もできない。(河25)

(6) そうすると、老母は自分でタライに水をくんできて、むすこの足を<u>洗ってやった</u>。(真実一路)

(7) ぞうきんを熱い湯でしぼって、先生はこの子の手と足とを<u>ふいてやった</u>。(人間の壁・下)

(8) 太郎は後ろから、おやじの尻を<u>押してやった</u>。(太郎物語・大)

(9) 夜がひっそりとする頃はおつぎは能く卯平の小屋へ来て悩んでいる腰を<u>揉んでやった</u>。(土)

　上の用例(1)〜(9)は、「ガ」格の利益主体(動作主体)から、「ノ」格の持ち

主の「ヲ」格の身体の一部分である「頭、手、涙、肩、足、尻、腰」等への働きかけ、「なでる、ひく、撫でさする、握る、洗う、ふく、押す、揉む」が、「ノ」格の持ち主に利益になるだろうと思っての行動であることを表している。

B．受け手側授与態

受け手側の持ち主の授与態は「ノ」格の持ち主の持ち物「ヲ」格への働きかけを話し手が受け手のたちばに立って語っている構文である。

(10)「覚えてるかい、空襲のとき、おかあやおとうとこうやって歩いたの」おれは言った」
「覚えてる。わたしの手をおとうが<u>引いてくれた</u>」(湿原)

(11) 竹さんは立ち上り、流しで雑巾をじゃぶじゃぶ洗い、それからその雑巾を持って僕の傍へ来てしゃがんで、僕の右の足裏も、左の足裏も、きゅっきゅっと強くこするようにして<u>拭いてくれた</u>。

(パンドラの匣)

(12) わたしが病気をしたとき、おかあさんの手がせなかや手や足を<u>さすってくれると</u>、わたしの病気はだんだんよくなってゆきました。

(おかあさん108)

(13) 銭湯で彼は人気者であった。町の年寄たちが気さくに彼の背中を<u>流してくれた</u>。(徳山道助)

(14)「ありが」「それがいけない」局長はおっとりと、けれどすばやいしぐさで手をふり、礼をいいかける彼の口を封じた。そしていつもの優しい微笑で、かるく<u>肩をたたいてくれた</u>。(新しい天体)

(15) 夜が明けるとすぐに医者を迎えにやった。しかし医者が来たのは九時頃だった。「疫痢かもしれない。兎に角洗腸しましょう。」といって、イルリカートルを取寄せて、<u>腸を洗ってくれた</u>。駿は洗腸を嫌って非常に暴れた。(波 p 205)

　上の用例(10)～(15)では、動作対象ノ格の人物の、ヲ格の部分である
「手、足裏、背中、肩、腸」等への働きかけがノ格の持ち主に利益をもたら
す構造の構文である。

2.1.1.2 持ち主の受益態

　「ノ」格の持ち主の身体「ヲ」格への働きかけの他動詞構文を受け手側のた
ちばから捉えて、受け手を主語にした構文が持ち主の受益態の構文で、持
ち主の受益態では持ち主は「ガ」格で表される。

(16)　K市に出て来た当面の用件は、勤務先にかかわることだから、その
　　　主なものは先にすませ、あとはマヤの受診のことが目的になった。私
　　　の胃はついでにしらべてもらった。(出発は遂に)
(17)　浩二は足立先生のよこにいる。ときどき、足立先生に頭をなでてもら
　　　ってにこにこして歩く。(兎)
(18)　決勝の畳に上がる前、小川選手は気合を入れるためかコーチに何度
　　　も背中をたたいてもらった。(毎日9207)
(19)　彼は係りの警官に捜索かたを依頼したのち、F病院にまわって足を
　　　みてもらった。(山本・波)
(20)　食堂にはいる前、義夫は化粧室につれて行かれて、むつ子に手を
　　　洗ってもらった。(真実一路)
(21)　この五部の経典は木版刷である。僕がそれの筆記に取りかかると、
　　　老僧は中年の女に身を援け起してもらって正坐して云った。(黒140)

　持ち主の受益態では利益対象は「ガ」格に、利益主体は「ニ」格で表され、
「ヲ」格は「ガ」格の持ち物であるという構造を成している。

2.1.2 持ち主の所有物への働きかけ

持ち主の持ち物への働きかけにおいて、持ち主「ノ」格と「ヲ」格の関係は、「ヲ」格は「ノ」格の持ち主の所有物である場合が多いが、持ち主の身体などに付いている物、あるいは一時的な使用物である場合もある。その「ヲ」格の部分(所有物および使用物)への働きかけによって「ノ」格で示される持ち主が利益を受けるという構造を成している。

2.1.2.1 持ち主の授与態

A.与え手側授与態

(22) 母はべそをかくようにわらって、いさんで割烹着を着る志乃のうしろ紐を<u>むすんでやった</u>。(忍ぶ川)

(23) 私は妻のそばに寄って、パジャマのボタンを<u>かけてやった</u>。(乳59)

(24) 母はいいながら、志乃のコートの肩に降った雪を手のひらで<u>払ってやった</u>。(忍ぶ川)

上の用例(22)と(24)では、利益主体「母」と「私」が、「ノ」格の利益対象「志乃」と「妻」の、所有物「うしろ紐」と「パジャマのボタン」を、「むすぶ」「かける」という、物への働きかけによって利益をもたらすという構文である。また用例(128)では、「母」が「ノ」格の利益対象「志乃」の持ち物「コートの肩」に一時的についているものである「雪を払う」ことが受け手へ利益をもたらすという構文である。

B．受け手側授与態

(25) 夜半を過ぎてから私は木賃宿を出た。娘達が送って出た。踊子が下駄を<u>直してくれた</u>。(伊豆の踊子)

(26) 「お後で……」そう返事を聞けば、問題はないから、私は、サッサ
と、洋服を脱ぎ始めた。すると、坐っていた彼女が、すぐ、側へ
寄って、上着、ワイシャツと、順々に受取って、衣紋竹へかけた
り、畳んだりしてくれた。(娘と私)

(27) 令子の店の休みと私の新聞社の公休の重なる日に、令子は訪れてき
ては部屋の掃除をしたり洗濯をしてくれた。(あの夕陽)

(28) 彼らはいつまでたっても完成しない私の原稿を根気よく待ってくれ
た。(一瞬の夏)

　上の用例(25)〜(28)では「踊り子が私の下駄を直す」「彼女が私の洋服を
畳む」「令子が私の部屋の掃除をしたり、洗濯をする」「彼らが私の原稿を待
つ」という、利益対象「わたし」の持ち物への働きかけが、その所有者である
「私」の利益になるという構文である。

(29) たねは見送人に一人一人礼を言って、それから洪作に、「さ、学校
へ行きなさい」そう言って、洪作の帯を結び直してくれた。

(しろばんば)

(30) 於継が黙って立って加恵の綿帽子を前半分上げてくれた。

(華岡青洲の妻)

(31) またたく間に、電車はホームに滑り込んだ。若い男が鞄と風呂敷包
みを降ろしてくれた。おたき婆さんは礼も言わないで荷物を受け
取った。(北国の春)

　上の用例(29)〜(31)も「たねが洪作の帯を結び直す」「於継が加恵の綿帽
子を上げる」「若い男がおたく婆さんの風呂敷包みを降ろす」という、「ヲ」格
の所有物への働きかけがその所有者である「ノ」格の人物に利益になるとい

う構文である。利益対象が3人称の場合は、語り手が人称同士のやりとりの中で、受け手のたちばに立って語っている構文であるので、「〜てくれる」動詞が用いられているのである。

2.1.2.2 持ち主の受益態

(32) わたしは彼にいくどか、わたしのエプロンの紐を<u>結びなおしてもらった</u>日の記憶を、花桐の木の下で瞼によみがえらせた。(鍋の中)

(33) 僕は自分を抑制するための空しい努力をした後、看護婦を呼んで、何週間ぶりに、サンルームへ寝椅子ごと<u>運んでもらった</u>。(他人の足)

(34) 終戦後から歯科医院を営む小倉輝義さん(64)は六年ほど前に診療所を兼ねた住宅の寝室、応接室がある四階の窓を日本道路公団に二重サッシに<u>替えてもらった</u>。(毎日9112)

　上の用例(32)では、「彼が私のエプロンの紐をむすぶ」ということによって、「ノ」格の受け手「私」が利益をうけたということを、「受け手」を主語にして、受け手の立場で語っている構文である。このように、持ち物への働きかけを受け手の立場から語ると、「私が彼にエプロンの紐を結びなおしてもらった」のような持ち主の受動態文になる。また用例(33)と(34)では、持ち主の所有物では「寝椅子を運ぶ」「四階の窓を替える」ことが、「ガ」格の利益対象「僕」「小倉輝義さん」にとって利益になったという構文である。それに用例(33)と(34)では、その「寝椅子を運ぶ」「窓を替える」ことが、「ヘ」格と「ニ」によって拡大されて、用例では「サンルーム」へと移動した移動先が、(34)では「二重サッシ」という変化の結果物によって拡大されている構文である。

2.1.3 持ち主の内面へのはたらきかけ

2.1.3.1 持ち主の授与態

A.与え手側の授与態

＜ⅰ＞ 自分の内面への働きかけ

(35) そう思いながら、心の中ではじぶんの勤勉さをも、ひそかに<u>ほめて</u><u>やった</u>。(二十四の瞳)

　上の用例(35)は話し手である「自分」が「じぶんの勤勉さをほめる」という働きかけの構文で、「ヲ」格の働きかけの対象が「自分の勤勉さ」で、自分から自分への働きかけの構文、再帰態構文3)である。

＜ⅱ＞ 他人の内面への働きかけ

(36)「構あねえで帰れよ、おとっつあ酩酊ってんだから」女房はおつぎの意を<u>汲んでやった</u>。(土)

(37)「蓼喰う虫も好き好き」とはよくいったものだとばかり、人事課はすぐさま彼の希望を<u>かなえてやった</u>。(稟議と根回し)

(38)「じじい、かなしいか」と庄九郎は、この老爺の心情を<u>察してやった</u>。

(国盗り物語)

B．受け手側の持ち主授与態

(39) 同じ二階には画作に余念もないH君が居た。君は秋の展覧会を眼前に控えていたらしく油絵具の調色板を手にしたまま東京の方の噂な

---

3) 高橋(1988)では、このような再帰態の構文をヴォイスの中に入れて、「自分自身またはその部分に対する動作のばあいのヴォイスを再帰態(reflexive voice)という。日本語では、形態論的なカテゴリーとしての再帰動詞は発達していないが、構文的なカテゴリーとしての再帰構文がある。」というふうに説明している。

ぞもして、私の心を慰めてくれた。(海へ)

(40) 学校へ帰らなくてはならない。五十幾人の子供たちが彼女を待っている。校長先生も彼女の報告を待っているに違いない。新町の角の交番に立っていた巡査は、挙手の礼をして彼女の労をねぎらってくれた。(人間の壁・中)

(41) 「へえ、捨吉にも九円取れるか」と終には小父さんも笑って、彼の願いを許してくれた。(桜の実の熟す)

(42) それなら、一体、どうすれば、いいのか—— 私の頭は、少しも纏まらず、絶体絶命を感じるのみだった。やがて、J修道女が、オズオズと、入ってきた。質朴な、この若いフランス女は、眼に涙を浮べるほど、麻理の容態を、心配してくれた。(娘と私)

(43) 専務取締役は私の云い分を了解してくれた。(本の話)

(44) ふと、私は、年末の小学校同級会で会った、旧友のK・Kのことを、思い出した。東大の医科へ入った彼は、現在、本郷で開業してるのである。 すぐ、寄宿舎の電話を借りて、私は、K・Kに、窮状を訴えた。彼も、診察時間中らしかったが、快く、申出でを、承諾してくれた。(娘と私)

(45) 「花緒さんは僕の気持をわかってくれました。少なくとも、理解出来るといってくれたんです」(家199)

(46) 私はひどく安心して、講演というより、雑談のような調子で気楽なお喋りをした。脱線しっぱなして、どこへ行くかわからないという話だったが、それでも学生たちは最後まで私の話を聞いてくれた。うれしかった。(風に吹かれて)

(47) あのひとは何事につけても深い理解力に富み、聡明だったから、私の気持もよく察してくれた。嫉妬や憎悪をふりかざして私を悩ませたりせず、二人の愛情を信じていてくれた。(新源氏物語)

　「慰める」動詞は「ヲ」格に人名詞がきた場合には、「～が～を慰めて／や
る／くれる」のように利益対象への直接的なはたらきかけをする。また「ヲ」
格に「心」「抽象名詞がきた場合には、その抽象名詞の部分を通して、持ち
主である「ノ」格の人への働きかけを成す。

2.1.3.2　持ち主の受益態

(48)　だけどシルヴィは、出口のない暗闇の中で心の休み場所を見つけ
　　　る。それは二人の友達との新聞作りだった。そこでは彼女は何もか
　　　も忘れて「ただの子ども」に帰れた。もう一人の理解者、何でも相談
　　　できるニーナには、心の中の悩みや苦しみを全て<u>聞いてもらった</u>。

(毎日9702)

　上の用例(48)では「ニーナがシルヴィの心の悩みや苦しみを聞く(聞いてや
る／くれる」という、利益対象である「シルヴィ」の内面である「心の悩みや
苦しみ」を聞くという動作対象の内面への働きかけの構文を、「シルヴィ」を
「ガ」格にして捉えた構文である。

2.2　「ニ」格の持ち物への働きかけ

＜ニ格の持ち物への働きかけ構文の構造＞

太郎が	次郎の	背中に	灸を	すえた
動作主体	動作対象	動作対象の部分	対象物	働きかけの動作
太郎が	次郎の	背中に	灸を	すえてやった/くれた
動作主体	動作対象	動作対象の部分	対象物	働きかけの動作
利益主体	利益対象	利益対象の部分	利益物	利益行為

次郎が	太郎に/から	背中に	灸を	すえてもらった
動作対象	動作主体	動作対象の部分	対象物	働きかけの動作
利益対象	利益主体	利益対象の部分	利益物	利益行為

＜ニ格の持ち物への働きかけを構成する動詞群＞

「あてがう、着せかける、（絵の具を）つける、（ショールを）巻きつける、たらす、よそう、いれる、注ぐ、出資する」等の動詞が「ニ」格の持ち物への働きかけ構文になる動詞群であるが、これらの動詞群は、奥田(1983)の分類では「とりつけ4)」の動詞群に当たる動詞である。

2.2.1 持ち主の身体への働きかけ

2.2.1.1 持ち主の授与態

A．与え手側の持ち主授与態

(49) 彼は洗いものはそっちのけにして、すぐ赤ん坊のところへ飛んで行った。そして暖めたミルクを小さい口にあてがってやった。(波144)

(50) みな子は絵をかいている。みなこ当番が、みな子の指の先に赤、青、黄などの絵の具をつけてやる。(兎184)

(51) 彼女は頭に巻いたショールを取って明夫の首と肩とに巻きつけてやった。(人間の壁・下)

(52) ながしの飯盒に水を入れ、私はそれを、少しずつ彼の顔にたらしてやった。(白い人)

---

4) 奥田(1983)では「とりつけ」の動詞について次のように定義している。
「とりつけのむすびつきをあらわす連語では、かざられ動詞でしめされる動作が第一の対象を第二の対象にくっつけるという関係を表現している。ヲ格の名詞でしめされる物(第一の対象)は、動作のはたらきかけをうけて、変化するわけだが、その変化はなんらかのし方である物が他の物(第二の対象)にくっつけられることなのである。(中略)したがって、この種の連語は三単語からなりたつ単語のくみあわせであるといえる。」

(53) 私はフラスコからコップに水をすこし注いで、それを彼女の口に<u>持って行ってやった</u>。(風立ちぬ)

用例(49)〜(53)では、「ガ」格の利益主体「彼」「みなこ当番」「彼女」「私」「私」が「ノ」格の利益対象の「ニ」格の身体、「赤ん坊の口」「みなこの指の先」「明夫の首と肩」「彼の顔」「彼女の口」に、「ヲ」格の利益物「ミルク」「絵の具」「ショール」「水」「水」を、「あてがう」「つける」「巻きつける」「たらす」「持っていく」等の行為をしたことによって、「ノ」格の受け手に利益になったという構文である。

B. 受け手側の持ち主授与態
(54) 未紀がおしぼりをひろげてぼくの手に<u>わたしてくれた</u>。(聖少女)
(55) 立ちあがると、沢田はうしろから彼女の背にコートを<u>着せかけてくれた</u>。(人間の壁・中)

2.2.1.2 持ち主の受益態

持ち主の受益態の構文は、「利益対象(ガ格)が利益対象の持ち物(ニ格)に利益物(ヲ)格を〜てもらう」のような構造になっている。

(56) 榊は灸が得意で、さっそく省吉とお仙は背中に灸を<u>すえてもらった</u>。(丹羽・愛欲)
(57) 頭につめたいタオルを<u>おいてもらった</u>みさえはとろんとした眼つきで、それでも小谷先生がきてくれたのがうれしいのか、ちょっと笑った。(兎)

2.2.2 持ち主の持ち物への働きかけ

2.2.2.1 持ち主の授与態

A．与え手側の持ち主授与態

(58) 彼は手をのばして春子のコップにビールを<u>注いでやった</u>。

　　　　　　　　　　　　　　　　　　　　　　　　（人間の壁・上）

(59) 山本信子は、けろりと言いながら、息子たちのお椀に、二はい目の
　　 あさりの味噌汁を<u>よそってやった</u>。（太郎物語・高）

(60) 信子は何も言わず、只、藤原の皿にたっぷりと骨つきの肉を<u>とって</u>
　　 <u>やった</u>。（太郎物語・高）

(61) モンペ姿のおばさんたちは、飲み水用の6個のバケツの水のほとんど
　　 を、隊員たちの水筒に<u>いれてやり</u>、体にも<u>かけてやった</u>。

　　　　　　　　　　　　　　　　　　　　　　　　　（天声人語87）

(62) だが、かつては、彼女の煙草の先に<u>火をつけてやる</u>ことが、彼の歓び
　　 のひとつでは、たしかにあったわけだった。（電話142）

(63) 彼は手をのばして春子のコップにビールを<u>注いでやった</u>。

　　　　　　　　　　　　　　　　　　　　　　　　（人間の壁・上）

(64) そんなことがつづいて、ある日、夫はいった。
　　 「友だちの事業に<u>出資してやりたい</u>のだが、おとうさんからもらった
　　 土地を担保にしてお金を借りてはいけないかな」(中略)いいでしょと
　　 小谷先生はいった。（兎）

B．受け手側の持ち主授与態

(65) 「貰おう」「これで氷でもあればな」　堀部はそう言って、青いビニール
　　 のクロスを敷いたテーブルから魔法瓶を取り、湯呑み茶碗に<u>ついで</u>
　　 <u>くれた</u>。私はそれを一息に飲んだ。苦味がありなまぬるかった。

　　　　　　　　　　　　　　　　　　　　　　　　　　（夏の流れ）

(66) そんなある日、弟棟梁の楢二郎さんが立寄ってくれた。私のいるところは、ちょうど楢二郎さんの出勤路の途中にあるので、時折たずねてくれる。(木)

2.2.2.2 持ち主の受益態

(67) 康太はたべおわった茶碗に、なみなみと、おせきの手で番茶をついでもらった。(丹羽・顔)

3. 持ち主のやりもらいのヴォイス性

3.1 持ち主のやりもらい構文の内部のヴォイス性

＜ノ格の持ち主のヲ格の部分への働きかけ構文＞
太郎が次郎の顔を洗った　→　太郎が次郎の顔を洗ってやった／くれた
　　　　　　　　　　　　　　　　　　　　　（持ち主の授与態）
　　　　　　　　　　　次郎が太郎に顔を洗ってもらった
　　　　　　　　　　　　　　　　　　　　　（持ち主の受益態）

＜ノ格の持ち主のニ格の部分への働きかけ構文＞
太郎が次郎の背中に灸をすえた→太郎が次郎の背中に灸をすえてやった
　　　　　　　　　　　　　　　　　　　　／くれた
　　　　　　　　次郎が太郎に背中に灸をすえてもらった
　　　　　　　　　　　　　　　　　　　　（持ち主の受益態）

　持ち主のやりもらい構文の内部のヴォイス関係を考えると、ノ格の動作対象のヲ格やニ格の部分への働きかけ構文において、元になる動詞文をめ

ぐって持ち主の授与態では、ガ格の動作主体がガ格の利益主体となり、ノ格の動作対象が利益対象となる構造で、すなわち元になる動詞文の働きかけの構造の上に「やる／くれる」構文がそのままかぶさる形で出来ている。それに対して持ち主の受益態は、元になる動詞文および持ち主の授与態との間で、動作主体がガ格からニ格となり、動作対象がノ格からガ格となる格の交替が起こっており、持ち主の受益態は元になる動詞文および持ち主の授与態構文と対立の構造にある。

3.2 持ち主の受動態との関係

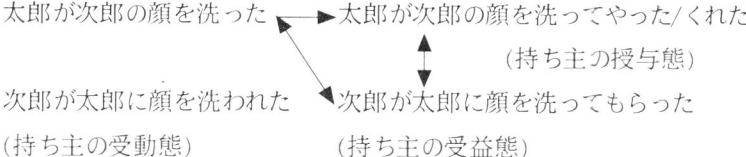

太郎が次郎の顔を洗った → 太郎が次郎の顔を洗ってやった/くれた

(持ち主の授与態)

次郎が太郎に顔を洗われた → 次郎が太郎に顔を洗ってもらった

(持ち主の受動態) 　 (持ち主の受益態)

＜ノ格の持ち主のニ格の部分への働きかけ構文＞

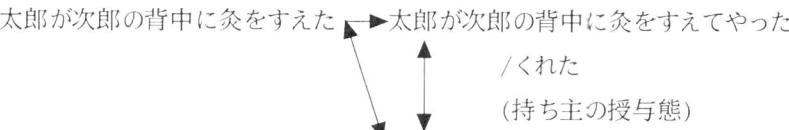

太郎が次郎の背中に灸をすえた → 太郎が次郎の背中に灸をすえてやった

/くれた

(持ち主の授与態)

次郎が太郎に背中に灸をすえられた 　 次郎が太郎に背中に灸をすえてもらった

(持ち主の受動態) 　 (持ち主の受益態)

　さらに、持ち主の受益態と持ち主の受動態との関係をみると、元になる動詞文に対して持ち主の受動態もガ格の動作主体がニ格となり、ノ格の動作対象がガ格となって、対立の関係にある。すなわち元になる動詞文に対して「持ち主の受益態」は「持ち主の受動態」と同じく、対立の関係にあり、同じ構造をもっていることになる。

第四章
第三者のやりもらい

1. はじめに

「第三者のやりもらい」は、元になる動詞文に存在していなかった利益対象がやりもらい構文で新たに現れる構文である。第三者のやりもらいと名づけた理由は、第三者の受動態において元になる文に動詞文に存在していなかった登場人物が「ガ」格に現れる現象と同じく、第三者のやりもらい構文においても元になる動詞文に存在していなかった登場人物が、やりもらい構文で新たに現れるからである。以下ではどのようなタイプの動詞が第三者のやりもらい構文を構成し、また第三者のやりもらい構文はどのような構文的な特徴をもっているのか、第三者のやりもらいのヴォイス性を考察することにする。

第三者のやりもらい構文の元になる動詞文は、元になる動詞文に動作対象が存在していない構文、すなわち自動詞構文や人への働きかけ性を持っていないモノゴトへの働きかけの他動詞構文、そして人への働きかけを持つ他動詞構文の中でも働きかけの相手と利益対象が異なるような構文の場合である。このような構文がやりもらい構文になったときに元になる動詞文に存在していなかった利益対象がやりもらい構文に新たに現れることになる。新たに現れる利益対象は授与態では多くの用例で「ノタメニ[1]」で示され、

---

1) 第三者の授与態で利益対象を表す「ノタメニ」の性格に関して触れている先行研究は大曾(1983)と渡辺(1993)がある。大曾では、「～のために」は受動詞と共に使われなくても、それだけで利益対象を示すことができる。「～のために」だけを

受益態ではガ格として現れる。やりもらい構文で利益対象が「ノタメニ」に
よって示される構文は、第三者のやりもらい構文である。第三者のやりも
らい構文は元になる動詞文に動作対象(人)が存在していない構文で、その
ような動詞がやりもらい構文になると、やりもらい構文の中に利益対象を
何らかの形で表示しないといけなくなる。そのような場合利益対象は「ノタ
メニ」にという後置詞て表されることにたる。

2. 第三者のやりもらい構文の構造

　第三者のやりもらいになる動詞群は以下で考察するように人への働きか
け性をもっていない動詞—自動詞や他動詞文でも人への働きかけではない
モノゴトへの働きかけの他動詞—と、人への働きかけを表す動詞の中でも
構文に動作対象と利益対象が異なる構文で、その三つのタイプの文は元に
なる文になかった利益対象がやりもらい構文で新たに現れる構文である。
以下では元の文が自動文がやりもらい構文になった場合と、モノゴトへの
働きかけの他動詞文がやりもらい構文になった場合、人への動作対象と利
益対象が別に存在するような構文の三つのタイプについて考察する。

　使った文、「～のために」と授動詞の共起する文、「～のために」のない授動詞文
の違いについては、現在のところ、筆者には不明な点が多く、更に詳しい考察が
必要である。」というふうな言及がありのみで、やりもらい構文において利益対象
が「ノタメニ」で示される構文について明らかにされていない。さらに渡辺(1993)
p 38では、「本来「に名詞句」を伴う動詞の文では、「に名詞句」のかわりに「のた
めに名詞句」を使うことも一応可能と思われるが、「に名詞句」ですむ表現に「のた
めに名詞句」を使うと、わざわざ特別にするという意味合いが生まれ、仰々し
さが加わる結果になりやすい。(中略)しかし、行為の相手に対する方向性がない
文の場合は恩恵(好意)の方向を示すのに用いられる、ということができるだろ
う。」という言及がみられるものの、具体的にどういうやりもらい構文が「ノタメ
ニ」で利益対象を表しているかが明らかにされていない。

2.1　人への働きかけ性をもっていない動詞

2.1.1　自動詞文の場合

太郎が		**帰る(自動詞文)**
動作主体		動作
太郎が	**次郎のために**	**帰ってやる／くれる**
動作主体		動作
利益主体	利益対象	利益行為
次郎が	**太郎に**	**帰ってもらう**
	動作主体	動作
利益対象	利益主体	利益行為

　「太郎が帰る」という自動詞文は元の文には動作対象は存在していない。そのような構文がやりもらい構文になったとき、動作対象ではないが、利益対象をやりもらい構文では示さなければならないが、元の文が人への働きかけ性のない自動詞文であるので、利益対象は「ヲ」格でも「ニ」格でも表すことはできない。そのため自動詞文が「やりもらい」構文の中で使われるときには、利益対象は「ノタメニ」によって示されることになる。

<元になる自動詞の種類>
「休む、下りる、出席する、根回しする、急行する、加わる、移る、あつまる、立ち会う、寄る、帰る、出る、来る、行く、答える、預かる、代わる、泣く、居る、走る、ねる、犠牲になる、行動する、活動する」等の自動詞のグループが第三者のやりもらい構文を成している。しかし自動詞文のすべてがやりもらい構文の中で使われるのではなく、主語に人名詞を取り得る動詞で、動作主体の動作を表す動詞である。しかし自動詞の中でも「ドア

があく、建物が傾く、減る、冷える、溶ける、縮む、届く、余る、決る、閉まる、取れる、聳える」等のように物名詞を主語としてとって、物の状態を表す自動詞群2)は「やりもらい」と結合できない。

2.1.1.1 第三者の授与態

元の文が自動詞文の場合の授与態は働きかけの構文ではないので利益対象を「ヲ」格および「ニ」格で表すことはできない。「直接のやりもらい」構文と「持ち主のやりもらい」構文において、利益対象は動作対象と重なっていた。しかし元になる文が自動詞文の場合は、利益対象は動作対象ではない。動作主体がある行為をする動機づけ的な存在なので「ノタメニ」で表示される構文が多い。

A. 与え手側の第三者の授与態

(1) 丘といっても蜜柑の木の植わっている小さい丘で、五分程、細いだ

---

2) その他に阪倉(1975)pp21〜22には、やりもらい動詞と結合できない動詞群を次のように挙げている。
「さらに、いま一つ、右の「れる、られる」による受動態は、前述の「漕げる」「見える」「聞こえる」等のいわゆる可能動詞(これらは、それ自身すでに一種の受身であった)をはじめ、「できる」「要る」「似合う」「ある」等々の、非情物についての静的な状態を言う動詞(三上氏は、これらを「所動詞」と呼んで、受身形の可能な「能動詞」と対立させる)については、成り立たないが、この事情は、「てもらう」による表現についても、全く同様で、「漕げてもらう」「要ってもらう」などの言い方は存在しない。(中略)先に見た通り、「れる、られる」「てもらう」「てやる」は、いずれも、この所動詞については言うことができなかったのであって、この相違点は、「てくれる」による表現の特質を考える上に、大切な意味を持つものと思われる。」
さらに阪倉で言っているように、いわゆる三上氏の所動詞グループは「もらう」動詞および「やる」動詞とは結合しないが、「くれる」動詞だけ例外的に結合できるということは「くれる」動詞だけが「やる」「もらう」動詞とは異なるもう一つの側面を持っていることになる。そのような「くれる」動詞の側面について本稿では5章の「評価のやりもらい」の中で述べることにする。

　　らだら坂を上って行くだけの話だったが、洪作はおぬい婆さんの<u>ため</u>
<u>に</u>何回も<u>休んでやった</u>。(しろばんば)

(2) 先生は忽ち手で私を遮った。

　　「もう遅いから早く帰りたまえ。私も早く<u>帰ってやる</u>んだから、妻君
　　のために」(こころ28)

(3) 濃姫はこの少年のために<u>微笑してやった</u>。(国盗り物語)

(4) 年の瀬の押しつまった日、洪作はいつもより少し長くおぬい婆さん
　　の枕もとに<u>坐っていてやった</u>。(しろばんば)

(5) いつもおぬい婆さんがさき子の悪口を言うのを聞くと、洪作は何と
　　なくさき子をかばったが、この日は黙って<u>聞いていてやった</u>。

　　　　　　　　　　　　　　　　　　　　　　　　　　(しろばんば)

　　上の用例(1)と(2)の元の文は「洪作が休む」「私が帰る」という自動詞文で
ある。その元の文には利益対象は存在しないが、やりもらい構文になったと
き、元の文になかった利益対象が第三者の授与態では「ノタメニ」によって
表される。第三者の授与態での利益行為は、利益主体「洪作」と「私」か
ら、利益対象「おぬい婆さん」「妻君」への働きかけの行為ではないが、動作
主体(=利益主体)である「洪作」と「私」が「休む」「帰る」という行動をとった
理由は、利益対象「おぬい婆さん」「妻君」の利益になるだろうと思ったから
である、という意味合いを持っている。

B．受け手側の第三者の授与態

(6) 比呂子が事件を起した時も、永子が家を出た時も、佐竹は、親身に
　　なって永子母娘の<u>ために行動してくれた</u>。(女)

(7) 「博物館の前から話しつづけて、あの橋の所まで来た時、君は僕の為
　　に<u>泣いてくれた</u>」代助は黙然としていた。(それから)

(8) 事実に於てお前たちの母上は私の為めに<u>犠牲になってくれた</u>。

（小さき者へ）

(9) みんなが祝ってくれている。わたしたちの無実を信じて、一所懸命に<u>活動してくれた</u>。(湿原)

(10) その日から、千鶴子は、腰の据わった女になった。後妻として、継母として、迷いのない女になった。親友の老嬢のところへ、訴えの手紙なぞは、もう、一切、書かなくなった。そして、彼女の言葉どおり、自分を二の次に、私たちのために、<u>尽してくれた</u>。(娘と私)

(11) 巴里を発つ前に、彼の再婚説に賛成してくれた一人の美術家もあった。その人は国の方に居る心あたりの婦人を思出して、候補者として勧めてくれるほど世話好きであった。その人はまた彼のためにわざわざ国の方へ手紙まで<u>出して置いてくれた</u>。(新生)

　用例(6)～(11)では、利益主体「佐竹」「君」「母上」「みんな」が、利益対象である「永子母娘」「僕」「私」「私たち」のために「行動する」「泣く」「犠牲になる」「活動する」などのような行為をしたことを、利益対象側の立場に立って語っているような構文である。

2.1.1.2　第三者の受益態[3)]

　前節で第三者の授与態は元の文になかった利益対象が「タメニ／代わりニ」等の状況語で表され、やりもらい文に現れることをみた。第三者の受益態も元の文になかった利益対象が新たに現れる構文である。第三者の授与態では利益対象は「ノタメニ」で現れていたが、第三者の受益態では「ガ」格で現れる。第三者の受益態で新たに現れる「ガ」格は利益対象であると同時に多くの場合、依頼主としての性格も兼ねている。第三者の受益態での利益行為は「ガ」格の依頼主が動作主体にある行為を依頼するか、仕向けるこ

とによって利益行為が行われる形になるという点で、まさに使役態と同じ
ような構造を成している。その意味で第三者の受益態は使役型受益態と名
付けられそうである。動作対象ではない第三者が構文に「ガ」格として現れ
うる可能性とは、使役態においての使役主体と第三者の受動態においての
迷惑の受け手がある。第三者のやりもらいにおいての第三者をどのように位
置づけるべきであろうか。本稿では単なる利益対象としての可能性と―第
三者の受動型の受益態―、利益主体にある行為をするように仕向けて、そ
の動作主体の行為の結果、利益を受ける受け手―使役型の受益態―があ
りうる4)。ところが、実際本稿で調査した第三者のやりもらい構文の数多
くの用例からは第三者のやりもらい構文の「ガ」格は動作主体にある行動を
するように仕向ける依頼主としての構文が殆どであった。依頼主ではなく
ある動作主体の行動の影響―プラスの影響―をうける恩恵の受け手だけの
用例はそれほどなかった。本稿では第三者の受益態を用例ごとに分析し、

---

3) 第三者の受益態に関しては、仁田(1995)では、受益態を<まとものテモラウ態
   (直接テモラウ態)>と<第三者のテモラウ態(間接テモラウ)>とに分け、「<もとも
   のテモラウ態(直接テモラウ態)>とは、「もとの文に存在している非ガ格の共演成
   分をガ格に転換し、それに従って、ガ格の共演成分をガ格から外したテモラウ態
   である。したがって、この<まとものテモラウ態>では、必須的に要求される構成
   要素の数に増減が存しない。」とし、また第三者のテモラウ態(間接テモラウ)」と
   は、「もとの文の共演成分として存在していない第三者をガ格に据えたテモラウ
   態である」という指摘はみられるが、どのような構文が第三者のテモラウ態を構成
   するのかにまで踏み込んだところまでには至っていない。さらに仁田では「<まと
   ものテモラウ態>は、テモラウ態にあっては少数派で、受益態の基本は第三者の
   テモラウ態である」としているが、その根拠も曖昧である。
4) 村上(1986a)はこのような受益態に対しては、「この種の文をその内部構造の点
   からみると、うけみ構造の文のうちのいわゆる「めいわくのうけみ」や使役構造の
   文にCにCている。」としながら、「その「ガ」格の性格が使役主体というより、第三者
   の受動態と同じように単なる利益対象としてだけの性格をもっているのはないか」
   という指摘がみられるが、実際の大量の用例を考察すると、ほとんどの用例で第
   三者の受益態の性格は使役態のガ格と同じく、動作主体に行為を仕向ける存在
   であった。

第三者の受動型か使役型かに分けて考察することにする。

A．第三者の受動態型受益態

（11）「わたくし、なかなか帰って来なかったでしょう。お台所でいつまで
　　　　も泣いてましたの。何だか泣けて泣けて、泣けて仕方がなかったんで
　　　　すの。」
　　　「それなら、僕の前で<u>泣いて貰った</u>方が有難かったな。」（波223）

（12）「あてで出来ることはおまへんやろうか。及ばずながら、なんなりとい
　　　　うて下さい。義姉さんのお役に立てたら、歿った兄さんにも<u>喜んで
　　　　もらえ</u>ますよってに……」
　　　ありがとうございます、と、はるみはかすかな微笑を浮べた。

　　　　　　　　　　　　　　　　　　　　　　　　　　　　（女たち113）

　　第三者の受益態は元の文に存在しなかった受け手がやりもらい文になっ
たとき新たに「ガ」格として現れることは前掲したが、第三者の受益態にお
いて「ガ」格は利益対象であると同時に利益主体（動作主体）に利益行為をす
るように依頼する依頼主としての性格も兼ねている用例が多かった。上の
用例（11）（12）でみると「泣く、喜ぶ」のような動作主体の感情を表す動詞
は、動作主体の感情に対して「ガ」格の利益対象が「泣け」とか「喜べ」のよう
に感情に対して働きかけることは演技以外には普通考えられないので、「依
頼主」としての性格は考えられない。このような用例においては利益対象で
ある「ガ」格は依頼主ではなく、単なる恩恵の受け手であるだけである5)。そ

5）田中・舘岡（1991）では、「感覚・感情・精神的行為を表す動詞は、動作対象
　　「私」にはコントロールできないため、「～てもらう」は付かない」とし、そのような
　　動詞群を次のように述べている。
　　「愛する、憎む、嫌う、恐れる、尊敬する、軽蔑する、ばかにする、いじめる、
　　さげすむ、つきはじきにする、にらむ、おどす、頼る、信じる、信用する、信頼
　　する」

のためここでの「ガ」格は動作主体の動作の結果、その動作によって利益を
受ける受け手であるだけである。

B．使役型の受益態

　本稿で調査した第三者の受益態の多くの用例での「ガ」格は利益対象で
あると同時に、動作主体にある行為をするように依頼する依頼主でもあっ
た。そのため本稿ではそのような受益態に対して、使役型受益態と名づけ
て考察することにする。

＜ⅰ＞ 文の状況から判断される場合
　(13)　帰路には、大伝馬町にも寄って、清之助に別離を告げる積で、岸本
　　　　は幸平兄に一足先に帰って貰った。(春)
　(14)　小谷先生はその日、用事があったので、足立先生にいってもらうこ
　　　　とにした。(兎)
　(15)　安は店に戻ると、黒と泣虫と佐倉にすぐ連絡をとり、店にあつまっ
　　　　てもらった。(冬の旅)
　(16)　鍵を使って、堂々と玄関を入ると、英策は靴をしまって、つくりつ
　　　　けの洋服箪笥の扉を開けた。「あんたは、ここへかくれてもらう。い
　　　　よいよとなるまで、飛び出してもらっちゃ困るぜ」(過去110)

　　上の用例(13)(14)(15)では元の文は「幸平兄が帰る」「足立先生が行く」
「黒と泣虫と佐倉が店にあつまる」という自動詞文である。このような自動
詞文が受益態では、「ガ」格の「岸本」「小谷先生」「安」が、依頼すること
によって行われた行為である。用例(13)では「清之助に別離を告げる積りで」
から、用例(14)では「小谷先生はその日、用事があったので」や「ことにする」
をつけたことから、用例(15)では「ガ」格の「安」が「すぐ連絡をとり」などの文

脈から、「ガ」格の依頼によって、動作主体がその行動をとったことを表している。以下の用例も同じく文の状況などからガ格の使役主体からニ格の動作主体への働きかけ性が感じられる用例である。

(17) 信夫は、せっかく教会に来たのだからと、つづいてのおとなの礼拝にも、二人に<u>出席してもらった</u>。(塩狩峠)

(18) 思案の末に、正子はお光に打ちあけることにし、お光の息子に会社の帰りに<u>寄ってもらった</u>。(木瓜の花)

(19) 私はよくそういうとき、ふじ子に玄関へ<u>出てもらった</u>。

　　　　　　　　　　　　　　　　　　　　　　　　　　　(或る少女の死)

(20) 晩酌がすむと、アヤ子は、寿輔とタカ子に奥の座敷に<u>来てもらった</u>。(石中先生・完)

(21) 調査は、都心への典型的な通勤圏となっている東京都八王子市、神奈川県相模原市の一戸建て住宅六十戸を対象に、高山さんが無作為に訪問、居住者にアンケートに<u>答えてもらった</u>。(毎日9101)

(22) この日は当直日だったが、彼は、若い独身の同僚に<u>代わってもらい</u>、授業が終るとすぐ海岸街にでかけた。(剣249)

(23) そして、おとうさんもおかあさんも、堂本さんがやってくるまえにいろいろ話しあっていた心配が、堂本さんがあんまり小さいことできえたかのように、もうなんにもいいませんでした。そのかわり初めからお客さまあつかいもせず、夜は三畳の方で一夫といっしょに、一つのふとんで<u>ねてもらいました</u>。(坂道122)

＜ⅱ＞「頼んで」「呼んで」等の副詞句と共に現れている場合

(24) 山本は、二十五日の晩からたまたま海軍省内に泊りこんでいて、役所で事件の発生を知ったのだが、反町栄一の本によると、彼の具体

　　　的にやった事は、先輩の鈴木貫太郎の身を案じて、すぐ軍医を自動
　　　車で鈴木邸へ送りこみ、同時に電話で東大の近藤博士という外科
　　　医を頼んで、この人にも鈴木邸へ急行してもらった。(山本五十六)

(25)　事態がすっかりわかったのはその日の夕方で行きがかり上、東吾は八
　　　丁堀に使いをやって畝源三郎を呼んで、立ち会ってもらった。

　　　　　　　　　　　　　　　　　　　　　　　　　　　(江戸の子守唄)

(26)　喜助は朱に染まった玉枝の顔をみて色をなくした。小柄な躯で精一
　　　杯の力をふりしぼって、玉枝を抱きあげ、寝所にはこんだ。隣家の
　　　与兵衛をよんで、医者へ走ってもらった。(越前竹人形)

　受益態の用例の中では「頼んで」や「頼み込んで」などの副詞句が多く現れ
ているが、ここでも「頼んで」や「呼んで」という副詞句が現れていることか
ら、「ガ」格の利益対象が「ニ」格の動作主体に動作を依頼して、動作主体
が行為をしたということが表されている。

2.1.2 モノゴトへの働きかけの他動詞文の場合

　元になる文がモノゴトへの働きかけの他動詞の場合、動作主体の働きか
けは「ヲ」格の具体物か抽象物への働きかけを表し、利益対象は存在してい
ない。このような他動詞文がやりもらい構文になったときも利益対象が新
たに現れるが、その利益対象は授与態では「ニ」格および状況語の「タメニ」
等によって表され、受益態では「ガ」格によって表される。

＜元になる文がモノゴトへの働きかけの他動詞文の構造＞

太郎が		仕事を	受け持つ
動作主体		働きかけの対象物	働きかけの動作
太郎が	花子のために	仕事を	受け持ってやる/くれる

動作主体		働きかけの対象物	働きかけの動作(他動詞文の構造)
利益主体	利益対象	利益物	利益行為(授与態文の構造)
花子が	**太郎に**	**仕事を**	**受け持ってもらう**
	動作主体	働きかけの対象物	働きかけの動作
利益対象	利益主体	利益物	利益行為

＜モノゴトへの働きかけの他動詞群＞

① 利益対象を「タメニ」でしか表せない動詞群

「受け持つ、おく、(扉を)ひらく、空ける、放流する、下げる、飲む、食べる、(講義を)切り上げる、除ける、舐める、変更する、(席を)とる」等がモノゴトへの働きかけを表す動詞群である。

①類の動詞群は授与態で、利益対象を「ニ」格では表せず、「ノタメニ」で表すしかないような動詞群である。

2.1.2.1 第三者の授与態

前節で第三者のやりもらいの中で、元の文が自動詞文の場合には授与態で利益対象は「ニ」格は取りえず、「ノタメニ」で表すしかなかった。しかし、元の文がモノゴトへの働きかけの他動詞の場合は「母がお菓子をこしらえた」のようなモノゴトへの他動詞の場合、「母が子供に／のためにお菓子を拵えてやった」のように、利益対象は「ニ」格でも「ノタメニ」でも表しうることができる。その理由については以下で考察する。

A．利益対象が「タメニ」でしか表せない構文

（27）洪作はこの奇妙な仕事を、さき子のために忠実に<u>受け持ってやった</u>。(しろばんば)

(28) 彼はきぬ子を取りもどしたいきさつを、詳しく校長に話すとともに、
　　　入学の手つづきを<u>とってやった</u>。(山本・波)

(29) 沼津行きの電車に乗り込むと、乗客で座席が全部ふさがってしまい
　　　そうだったので、洪作は祖父のために席を<u>とってやった</u>。(夏草冬涛)

(30) 信夫は三堀のために<u>ふとんを敷いてやり</u>、ふとんの中に引きずるよう
　　　にして寝せてやった。(塩狩峠)

　上の用例(27)と(28)は「洪作が仕事を受け持つ」「洪作が席をとる」「彼が
入学の手続きをとる」のようなモノゴトへの働きかけを表す他動詞構文で、
用例(27)で動作主の「洪作が仕事を受け持つ」という行動をしたのは、「洪
作がさき子＊ヲ／＊ニ仕事を受け持つ」のではなく、「さき子のため」であると
いうふうな構造を持っている。また同じく用例(28)も「彼が入学の手つづき
をとる」という行為をしたのは、利益対象の「きぬ子＊を／＊に入学の手つづき
をとってやった」のではなく、「彼が入学の手つづきをとる」という行為の
目的は利益対象の「きぬ子」のためであるという構文である。すなわち第三
者の授与態においての利益行為は利益対象の「さき子」と「きぬ子」に直接及
ぶ行為ではなく、利益対象を目指しての行為であるので「タメニ」で利益対
象が表示されるのであろう。ここの用例のように「ヲ」格の利益物が「仕事、
入学の手つづき」などように抽象物の場合には利益対象は「ニ」格は取れ
ず、「ノタメニ」で表すしかない。

(31) 主婦は<u>岸本のために</u>何処からか机を借りて来て、それを二階の部屋
　　　の窓の側に<u>置いてくれた</u>。(新生)

(32) 代助は、「そうですな」とやっぱり煮え切らない答をした。父はじっと
　　　代助を見ていたが、段々皺の多い額を曇らした。兄は仕方なしに、
　　　「まあ、もう少し善く考えてみるが可い」と云って、<u>代助の為に余裕</u>

　　　　を付けてくれた。(それから)

(33) 行一が大学へ残るべきか、それとも就職すべきか迷っていたとき、彼
　　　に研究を続けてゆく願いと、生活の保証と、その二つが不充分なが
　　　ら叶えられる位地を与えてくれたのは、彼の師事していた教授であっ
　　　た。その教授は自分の主裁している研究所の一隅に彼のための椅子
　　　を設けてくれた。(雪後)

(34) 「御目出とう」と云って、先生が私のために杯を上げてくれた。

　　　　　　　　　　　　　　　　　　　　　　　　　　　　　(こころ)

(35) 花田弁護士は寺石のために二つの方法をとってくれた。(剣323)

(36) こう言う岸本の側へは民助兄が立って来て、遠くへ行く弟のために
　　　不慣な洋服を着ける手伝いなぞをしてくれた。(新生)

B. 利益対象くを「に」格でも「タメニ」でも表せる構文

　本稿の調査では「生産動詞」、「もようがえ動詞」、「うつしがえの動詞」、
「言語活動の動詞」、「やりもらい動詞(物の授受動詞、例えば買うのような
動詞)」等の動詞は、利益対象を表すのに、「ニ」格でも「タメニ」でも表すこ
とができることがわかった[6]。例えば、「つくりだし(生産動詞)」の動詞の場
合には、「母がパンをつくる－母が子供にパンを作ってやる/くれる」のように
に「つくる」という生産動詞はモノゴトへの働きかけの動詞であって、人への

---

6) モノゴトへの働きかけの動詞群が利益対象を「ニ」格でも表せることについては渡
　辺裕司(1993)pp34～35に次のような記述が見られる。
　「本来「「絵をかく」では、相手に対する方向性が認められないが、「絵をかいてあ
　げる」「絵をかいてくれる」では行為の相手に対する方向性が認められる。本来「歌
　を歌う」では、行為の相手に対する方向性が認められないが、「歌を歌ってあげる」
　「歌を歌ってくれる」では、行為の相手に対する方向性が認められる。(中略)逆に
　言えば、行為者が行為してできたものを相手に譲り渡す、またはその所有権ある
　いは使用権を譲り渡すところまでを行為の全体とみなされる場合、その行為の方
　向性が生まれ、「に名詞句」によってその方向性を示すことができる、ということ
　になる。」

授受性は本来の意味には持っていない動詞である。しかし、「パン」のような具体物はそれを作ってそのものを利益対象に渡すことができる。そして「もようがえの動詞」、「切る、そろえる」などの動詞も「太郎が御餅を焼く」という文では相手を表す「ニ」格を必要としないが、「太郎が次郎に御餅を焼いてやった/くれた」のように「もようがえ」の結果物をそれを相手へ授与することができるであろう。すなわち上で言及した「つくりだしのむすびつきの動詞」、「もようがえのむすびつきの動詞」は共通点は「ヲ」格の対象物が生産したり、もようがえしたりできる具体物であるという共通点がある。同じ生産動詞でも「太郎がチャンスをつくった」のような「ヲ」格が抽象物である場合には、「太郎が次郎のためにチャンスをつくってやった」のように「タメニ」の方が自然である。さらに言語活動を表す「よむ、書く」などの動詞も「太郎が本をよむ」「太郎が詩を書く」のようにモノゴトへのはたらきかけの動詞群であるが、これらの動詞もやりもらい動詞と結合して、その言語活動の相手として利益対象を「ニ」格で表すことができる。また「買う」などのような動詞－広範囲の授受動詞－も本来は「太郎が鞄を買う」のように相手を必要としない動詞であるが、授与態の動詞「やる／くれる」動詞と結合した場合、その具体物の授受の相手として「ニ」格をとりえるのである。

　以上で取り上げた動詞群、「つくりだし(生産動詞)の動詞、もようがえの動詞、うつしがえの動詞、言語活動の動詞、やりもらいの動詞らは本来モノゴトへの働きかけの動詞群であるので、利益対象を「ノタメニ」で表せることもできることは当然のことである。さらに、それらの動詞は、「ヲ」格の利益物を相手に渡すという授受動詞としての性格を残っている。そのために、授受の相手としての「ニ」格も取りえるのであろう。

　すなわち、モノゴトへの働きかけの動詞の中で「つくりだしのむすびつきの動詞」「もようがえのむすびつきの動詞」「うつしがえのむすびつきの動詞」「言語活動の動詞」「やりもらいの動詞」は、利益対象を「ニ」格でも「ノタメニ」

でも表すことのできる動詞である。

＜i＞ つくりだしの動詞12）―生産動詞―

(109) 三好は、目ざとく続いてはいって来たつれをも観察して、ニヤニヤ笑いかけながら、膝を譲って彼の女のために席を<u>つくってやった</u>。（多情仏心）

(110) 妹のために、二杯目の玉露を<u>入れてやりながら</u>、けいがわけ知り顔をした。（家）

(111) それからおかあさんはわたしたちにお手玉や、手まりを<u>つくってくれたこともあります</u>。（おかあさん108）

(112) その料理人は、カーネエションミルクをポンポン開けて私に色んなお菓子を<u>こしらえてくれた</u>。（放浪記）

(113) その人は健三のために小さい洋服を<u>拵らえてくれた</u>。（道草）

(114) 「ほう。何の演説会ですか」と言いながら、彼は先に部屋にもどって、彼女のために座ぶとんを<u>用意してくれた</u>。（人間の壁・中）

(115) 「夫婦二人きりの生活なのですから、本当はマンションの暮らしの方がいいんですが、狭いながらも一軒家に住んでいるんです。大原さんが<u>建ててくれたんです</u>。」（妻164）

(116) 片側だけになっていた布団が遂に綿だけ丸裸になり、お幸が二人の留守に縫って<u>仕上げてくれた</u>。「お帰り、寒かったろう」帰った二人

---

7) 奥田(1983)ではつくりだしの連語の動詞について、「物にたいするはたらきかけのなかから、特殊なものとして、つくりだしのむすびつきをぬきだすことができる。このむすびつきをいいあらわす単語のくみあわせでは、かざられ動詞は生産的な活動をしめしていて、かざり名詞は、その生産的な活動の結果できあがった物をしめしている。」と定義しながら、つくりだしのむすびつきをつくることのできる動詞群に、「にる、たく、わかす、ぬう、たてる、きずく、もうける、つくる、こしらえる」などのような動詞を挙げている。そしてつくりだしのむすびつきをつくる動詞群はそのありかとして「ニ」格の名詞で表すことを述べている。

　　を迎えた小屋の中は、土でかためたストーブのようなものができていて、結構それで暖かい。(針女)

(117) 破れた屋根の下で、牧夫は私達の為に湯を沸かしたり、茶を<u>入れたりしてくれた</u>。(千曲川のス)

(118) 真田が賄費を払えないと知ると、彼は寄宿舎の監督をしていた織田教授の官舎へ押しかけて行って交渉し、支払いを延期させた。ちょうど新学期の時だった。諸口は、自分の時計を質屋へ持って行って、ノートや教科書を<u>支度してくれた</u>。(氾濫)

(119) 焼いた塩魚と、漬菜と、野菜類や油揚などのごたごたした田舎風なミソわんとの食膳を、母は娘のためにと<u>とのえてくれた</u>。

　　　　　　　　　　　　　　　　　　　　　　　(人間の壁・中)

<ii> もようがえの動詞[8]

(120) 小谷先生は鉄三のために細長い紙を<u>切ってやった</u>。(兎)

(121) とっさに俊介は書類を抱えたまま飛んでゆくと、課長のために部屋の扉を<u>ひらいてやった</u>。(パニック)

(122) 彼が遊びにゆくと、ばあさんはよろこんで、干餅などを<u>焼いてくれた</u>。(或る小倉日記)

(123) その中で、わたしが特にうれしかったのは、チリメンジャコという小魚だった。従姉のみどりさんは、兄の復員のお祝いだといって、その夜は雑炊でなく、麦入りだがご飯を<u>たいてくれた</u>。(硝子のうさぎ)

(124) いままで拭き掃除していたものらしく、箒持って、手拭いを、あねさん被りにしたままで、「どうぞ。」と、その女中は、なぜか笑いながら答え、私にスリッパを<u>そろえてくれた</u>。(デカダン抗議)

---

8) もようがえの動詞について奥田(1983)では、「もようがえのむすびつきをあらわす連語では、具体的な動作が物にはたらきかけて、そのあり方になんらかの変化をひきおこす。」、と定義している。

(125) 俺はこんどこそ十番以内にはいろうと思って、試験の時はいつも四時に起きたんだ。おふくろはもっと早く起きて、俺に牛乳を<u>沸してくれた</u>。(夏草冬涛)

(126) その席に清香もいたが、彼女はむしろいつもの彼女より落着いていて、縄をかけた荷物がいっぱい置かれている部屋で、彼女は鮎太のために林檎を<u>むいてくれた</u>。(あすなろ物語)

(127) 少年が竹の皮包を<u>開いてくれた</u>。私はそれが人の物であることを忘れたかのように海苔巻のすしなぞを食った。(伊豆の踊子)

(128) 久我象吉が家に着いたのは、一時半を過ぎていた。お冬婆さんが門を<u>あけてくれた</u>。(氾濫)

(129) あの日のこと渡米が一カ月あとにせまると、大学時代の友達が送別会を<u>ひらいてくれた</u>。二次会、三次会と、耕は銀座の酒場をひきまわされた。(丹羽・顔)

＜ⅲ＞ うつしかえの動詞

　うつしかえのむすびつきの動詞「投げる、投げ出す、持っていく、持ってくる、運ぶ、とりだす、ひく」等の動詞も「ニ」格とむすびついて、「うつしかえ」のむすびつきをつくる動詞であるが、うつしかえのむすびつきがやりもらい構文でニ格は行為の向う相手である。

(130) 彼等は「潜り」の<u>少年たちの為に</u>何枚かの銅貨を<u>投げてやった</u>。

(大導寺信輔)

(131) 「そうら」と卯平は荷物へ縛りつけた煎餅の包を<u>与吉へ投げ出してやった</u>。(土)

(132) それは答えになっていなかったが、貞春は徭子を居間の椅子に座らせ、それからシェリーを小さなグラスに<u>持って行ってやった</u>。

(神の汚れた手)

(133) ウエートレスが私にコーヒーを持ってきてくれた。(一瞬の夏)

(134) 裕見子が部屋の思い思いの場所に坐っている私たちにコーヒーを運んできてくれた。(一瞬の夏)

(135) 踊子がまた連れの女の前の煙草盆を引き寄せて私に近くしてくれた。(伊豆の踊子)

(136) 瓢吉のためにはその次の日の朝、住職が古い経机を運んできてくれた。(人生劇場愛欲)

(137) 湧井は椅子から勢いよく立ち上り、それから、あっと気がついたように正子の後ろにまわって椅子をひいてくれた。そんな西洋の男がやるような真似を、正子は一度もされたことがなかったから、驚いてしまって言葉がなかった。(木瓜の花)

(138) 湯から出てくると、貞乃は、「とりあえず、これは、あなた達へのお土産よ」と霧子と志摩へおそろいの腕時計を、スーツケースからとりだしてくれた。(さきに愛あり)

<iv> 言語活動の動詞[9]

(139) オソラクスベテハ調査ズミダトオモウガ、とぼくはいい、いかにも率直に、かれらの知りたがっていることをしゃべってやった。(聖少女)

(140) 寝転んで、天井を睨んでいた恭ちゃんがこの頃つくった詩だと云って、それを大きい声で私に朗読してくれた。(放浪記)

(141) この絶望的な情勢のなかにあって、さいわい台湾総督府の当局者だ

---

9) 奥田(1983)では、「言語活動をしめす動詞がに格の名詞とくみあわさると、はなし相手のむすびつきができる。このばあい、かざり名詞は人間をしめすものにかぎられている」とし、言語活動のむすびつきを表す動詞には、「いう、かたる、しゃべる」などの「はなす活動をしめしているもの」と、「きく、うけたまわる、おそわる、よむ」などの「きく、よむ活動をしめしているもの」、そして「かく、したためる、みとめる、記述する」などの「かく活動をしめしているもの」のような動詞を言語活動の動詞のグループに入れている。

けは、星の立場を支持する意見を<u>のべてくれた</u>。（人民は弱し）

＜ⅴ＞ やりもらい動詞
(142) クリスマスが近かった。来日していた母は、私に高いネックレスを
　　　<u>買ってくれた</u>。（ハネ117）

　また上の用例(142)での「買う」動詞も「〜(物)を買う」でモノゴトへ働きか
けの動詞である。しかし「買う」動詞は常に「ヲ」格にやり取りのできる具体
物をとり、物を利益対象にプレゼントするという、物のやりとりを表す動詞
である。「買う」動詞はモノゴトへの働きかけの動詞であるので利益対象は
「タメニ」で表されるところであるが、物のやり取りを表す動詞であるので、
殆んどの用例が利益対象は常に「ニ」格を取っている。しかし利益対象を「タ
メニ」で表しても良さそうである。

2.1.2.2 第三者の受益態

A.「頼んで」という副詞句と共に現れる場合
　(52) 二学期のはじめから、尾崎先生は校務主任に<u>頼んで</u>、五年Ｂ組の時
　　　　間割を一部<u>変更してもらった</u>。（人間の壁・中）
　(53) 私は顔馴染のそこの女主人に<u>頼んで</u>、部屋を<u>とってもらった</u>。
　　　　　　　　　　　　　　　　　　　　　　　　　　　　（本の話）

　上の用例(52)と(53)は元の文は「校務主任が五年Ｂ組の時間割を変更す
る」「女主人が部屋をとる」で、元の文がモノゴトへの働きかけの動詞文であ
る。このようなモノゴトへの働きかけの動詞が受益態を成すときは、「ニ」格
の動作主体「校務主任」「女主人」の動作は「ガ」格の依頼主、「尾崎先生」と
「私」の依頼によって行われる行為を表す文になる。元の文がモノゴトへの

働きかけ性を持っている動詞が受益態を成すときは、元の文に存在していなかった登場人物が「ガ」格として新たに現れ、その「ガ」格の人物が動作主体にその行為をするように仕向ける依頼主としての役割と、そして動作主体の行為によって利益を受ける利益対象としての役割を兼ねることにる。

(54) 副長の加藤大佐はすぐに艦橋に上り、艦長に頼み込んで海上を探照灯で照射しつづけてもらった。(戦艦武蔵)

(55) 私はリンゴは全部引き取るからと知人に頼みこんで、1本だけ残してもらった。(窓・9110)

(56) 「一日だけ」沼田は半泣きになって哀願し、李に犬を洗ってもらうと藁を入れた木箱を台所の土間においた。(河114)

(57) 学園祭にいつもだったら各自秘蔵の標本を展示するだけの鉱物研究会で、石のペンダントを売ってはどうかと提案したのはわたしだ。宝石ではなくても研磨すれば独特の光沢を放ったり思いがけない模様を描き出したりする石がある。芸術学部のタンブラーを借りてさまざまな石を研磨し、工芸科のひとに頼んで小さな穴を開けてもらった。

(至高聖所)

(58) 私は興行を打つということにのめり込んでいった。祭り好きの友人の協力を得たこともあったが、損をしない程度には切符を売りさばけるメドが立った。会場は野口に頼んで、八月二十八日の後楽園ホールを仮りに押さえてもらった。(一瞬の夏)

(59) 私も18年前に脳こうそくで植物状態になった母を、1年近くみた。最も敬愛する母の変わり果てた姿を見るに堪えず、医師に頼んで生命維持装置を取りはずしてもらった。(毎日9702)

(60) 春子は白い膜のような目蓋を閉じて死んでいる小鳥に触れることができず、来合わせた近所の少年に頼んでアパートの傍の空地に埋めてもらった。(玩具)

(61) 僕は確認のために、<u>和助にたのんで</u>、辰巳屋のあととり進之丞の、
写真と指紋と血液型を<u>とってもらった</u>。（時の顔）

(62) 私はあわてて<u>看護婦にたのんで</u>、枕もとやベッドに香水を<u>ふってもらっ
た</u>。（巴里に死す）

B．文の状況から判断される場合

(63) 私は、このお酒、ちょっと変ですねと言い、賀原さんに<u>舐めてもらっ
た</u>。（酒呑みの）

(64) しゃくにさわった彼は、その帰りに弁護士のところに寄って、書類の
<u>鑑定をしてもらった</u>。（路傍の石）

(65) げんに庄九郎は、それらを番する長井家の足軽どもから、「山へはの
ぼれぬ」と何度かとめられた。そのつど、常在寺の日護上人が書いて
くれた書きつけをみせて、<u>関門をひらいてもらった</u>。常駐の城兵は十
数人であろう。（国盗り物語）

　上の用例(63)(64)(65)では「頼んで、頼み込んで」などの副詞句は文に出
ていないが、用例(63)では「この酒、ちょっと変ですねと言い」、用例(64)で
は「弁護士のところによって」、用例(65)では「書きつけをみせて」などの文の
状況から、「ガ」格の主語の「私」「彼」「庄九郎」の依頼によって、動作主体
の「賀原さん」と「弁護士」「常駐の城兵」に、「酒を舐める」「書類の鑑定をす
る」「関門をひらく」などの行為をするように仕向けたという意味合いにな
る。

(66) 僕はわけがわからなくなってその写真を新聞社にいる友人に送って
合成写真ではないかどうか<u>しらべてもらった</u>。（御先祖様万歳）

(67) 医師はこの絵をフランスに持ち帰り、エルメス社の社長に紹介。そ
の色彩感覚に感銘を受けた社長は、スカーフのサイズの絵を子供た

ちに描いてもらった。(毎日9710)

(68) 博士の手を握りながら、私はそんなに早くお産があるのかとおののいた。宮村は一時間前に、クラマールの家へもどって行ったばかりである。電話の便はないし、看護婦は電報を打つというが、やめてもらった。(巴里に死す)

(69) 僕は事務室から書類を食堂へ持って来て工場長に判を捺してもらった。(黒い雨)

(70) それから尾崎ふみ子先生は死体のそばから立ちあがり、傘をとって外に出た。雨と風との冷たさが、ようやく彼女を冷静にしてくれた。彼女は街通りをさがして花屋を見つけ、コスモスと百日草と夏菊とを一束に包んでもらった。(人間の壁・中)

(71) 高田さんは檀徒総代の「送別の辞」を住職に見てもらった。それを一読した住職は、申しぶんなく出来ていると言った。(鐘·供養の日)

(72) デンマークの嗅覚研究の第一人者、オレ・ファンガー教授は、160人の嗅覚の発達したものを集めて欧州人1000人の体臭を嗅(か)いでもらった。(毎日9612)

(73) 苦しくて立っていられず、しゃがみこんだ女性に、周囲の人は1人として話しかけず、席も譲らない。次の駅ではうように降り、駅員さんに救急車の手配をしてもらった……。(天声人語91)

(74) 夕方、正史を迎えに行った悦子がもどると、松吉は、すまねえけど、と彼女に縄をあずけ、烏沢と庭との距離、および高低差を測ってもらった。(ダイヤモンド)

(75) ウィーン国立歌劇場の専属指揮者だった大町陽一郎さんは、ウィーン・フィルを指揮しながら、あることに気づいた。弦楽器の弾き方が、日本人と違う。コンサートマスターのライナー・キュッヒルさんに、日本で、日本人奏者たちと一緒に弾いてもらった。(天声人語91)

(76) 今月、東京都江戸川区の南篠崎小六年生の国語の時間で十時間、

新聞を教材にした授業が続けられた。私も八日、新聞ができ、家庭に届けられるまでを話した。スポーツ面を使って新聞とテレビの違いを考えてもらった。ほとんどの子どもが、前夜のテレビのスポーツニュースを思い出しながら「テレビでやってなかったスポーツの記録もある」「テレビは選手の動きがわかる」など、それぞれの特性にすぐ気づいてくれた。(毎日9210)

(77) 神奈川県二宮町の小林さち子さん(44)は、教師の夫(44)が自宅でパソコンを以前から使っていて家計簿のソフトが市販されていることを教えてもらった。このソフトは項目が大まかだったので夫に新たに項目を増やしてもらった。(毎日9308)

(78) 毎月、何がしか自腹を切って作った歌を、私たちはＳＫＤの踊り手さんたちに歌ってもらった。(風に吹かれて)

(79) 雪森厚夫はぎゅっと拳を握り締めた。布川一郎が俄然きっぱりとした口調で話し始めたのだ。
「……ともかく陣内はやめてもらう。」(湿原)

(80) 阿久津純は素早く考えた――松田教授に紹介状を書く、電話して事情を話す、診察の予約をとる、必要なら入院の手筈をととのえてもらう。(湿原)

(81) 「田舎のかきもちをたくさん貰ったから、少し食べてもらおうと思って、持って来たんですよ。私は隣の水町さんって家の、家政婦ですけどね」
「あら、すみませんねえ」(残り124)

2.2 動作対象と利益対象が異なる構文

例えば「太郎が次郎に仕送りをする」のような人への働きかけの他動詞構

文は本来は本来は動作対象と利益対象が一致する場合には「直接のやりもらい」構文を構成する。しかしその人への働きかけ構文にもう一人の登場人物が利益対象として加わる。

　すなわを動作対象と利益対象が異なる構文では第三者のやりもらいを成すことになる。

<動作対象と利益対象が異なる構文>

太郎が		次郎に	仕送りを	する
動作主体		動作対象	働きかけの対象物	働きかけの動作
太郎が	**花子のために**	**次郎に**	**仕送りを**	**してやる/くれる**
動作主体		動作対象	働きかけの対象物	働きかけの動作
利益主体	利益対象	働きかけの相手	利益物	利益行為
花子が	**太郎から**	**次郎に**	**仕送りを**	**してもらう**
	動作主体	動作対象	働きかけの対象物	働きかけの動作
利益対象	動作主体	動作対象	利益物	利益行為

　この構文において働きかけの相手はニ格によって表される人物であるが、そのニ格の人は働きかけの動作対象であるだけで、利益対象ではない。利益対象はノタメニによって表される人物である。

<動作対象と利益対象が異なる構文を構成する動詞群>

①　人への働きかけの動詞：「頼む、仕送りをする、売る、電話をかける、命じる、繋ぐ、挨拶をする、、根回しする、呼ぶ、伝える、言う」等のような人への働きかけの他動詞群10)。

---

10)　動作対象と利益対象が異なる構文において、本文中に挙げた動詞群は本稿で調査した用例の中に出てくた用例の動詞であって、本文中にもすでに言及したように本稿で直接のやりもらいを成す動詞群として取り上げた動詞群とモノゴトへ

②　モノゴトへの働きかけの動詞：「(個室を)とる、作る」等のようなモノ
　　ゴトへの働きかけの他動詞群

2.2.1　第三者の授与態

　動作対象と利益対象が異なる第三者の授与態においては、人への働きか
けの構文が働きかけの相手と利益対象が異なるようなタイプの構文にな
る。

2.2.1.1　与え手側の第三者の授与態

(82)　ある待合のお上さんがひとり、懇意なある芸者のために、ある出入
　　　りの呉服屋へ帯を一本<u>頼んでやった</u>。(言語表現)
(83)　佐竹が、みちるのために養育費として、<u>仕送りをしてやって</u>も、
　　　「今の状態では、玲子の商売の金に流れてしまうでしょうから…」
　　　　　　　　　　　　　　　　　　　　　　　　　　　　　　(女201)
(84)　それを聞いて、おばあさんはおおよろこび。
　　　「のみをとれば売ってもらえるかね。」
　　　「いいとも、わしが持って帰って薬屋に<u>売ってやろう。</u>」
　　　男は言いのこして、宿屋を出ていった。(漫談138)

　上の用例(82)(83)(84)では元の文は「お上さんが呉服屋へ帯を頼む」とい
う文、「佐竹が玲子に養育費を仕送りする」文、「わしが薬屋にのみを売る」
という人への働きかけの文が、やりもらい構文になったとき、はたらきかけ
の受け手と利益対象が一致する構文においては「お上さんが呉服屋に帯を

　の働きかけの他動詞群が動作対象と利益対象が異なる。すなわち動作主体と動
　作対象以外に利益対象としてもう一人が加わるような構文においてはすべてこの
　タイプの構文を構成していると思われる。

頼んでやる」「佐竹が玲子に養育費を仕送りしてやる」「わしが薬屋にのみを売ってやる」のに直接のやりもらい。しかし、これらの構文においては動作対象と利益対象が異なり、もう一人の登場人物が利益対象として関わるのである。このような動作対象と利益対象が異なる構文において、利益対象は「芸者のために」「みつるのために」、用例(84)では会話の文であるので、利益対象が構文に明記されていないが、「あなたのために」となるところである。このように、働きかけの相手と利益対象がことなるような構文において「ニ」格は働きかけの相手対象を表し、元の文になかった新たに現れる利益対象は「ノタメニ」で表されることになる11)。

2.2.1.2 受け手側の第三者の授与態

(85) 彼女はペンを置いて立ちあがると、雨戸を一枚あけて、あわただしく外へ出た。庭から路地をまわって、大戸をしめようとしているナオキ薬局へはいって行き、電話を貸してくれるように頼んでみた。薬局の主人の直木節夫は、事情を聞いてすぐに警察へ電話をかけてくれた。(人間の壁・下)

(86) しかしその日もB教授が大学へ行かれる前に診察によって下さったので、私は自分の容体を語るよりも、赤坊の入浴のことを、日本の習慣を話して先ずたのんだ。B教授は、各民族には独特な良い習慣があるから、それに従いましょうと、笑いながら、看護婦に毎日入浴させるように命じてくれた。(巴里に死す)

---

11) このような構文に対しては豊田(1974)にも次のような記述がある。
　　「物の移動の方向と行為(恩恵)の方向が同じでない場合は、「〜てやる」「〜てくれる」の文では、行為(恩恵)を受ける人・ものの「ために」とし、本来の動詞の動作の対象(相手)は「に」となるわけである。」
　　しかし、豊田にはどのような動詞が、物の移動の方向と恩恵の方向が同じではないのかという構文のタイプまでには言及されていない。

(87) 彼は、鄭重に、「つかぬことを御伺いしますが、今年の二月十二日の
夜ですね、お宅のミキサーカーの事故がありましたですね。その事故
のことで、調べたいのですが……」と言った。交換手は、事故を担当
している係員に、電話を<u>繋いでくれた</u>。(女の警察)

　受け手側の授与態においても、用例(85)では「薬局の主人の直木節夫」が
「警察」という動作対象に「電話をかける」という行動をしたのは「彼女」のた
めであるという構文である。また用例(86)では「B教授が看護婦に命じる」
という働きかけの行動をとった利益対象は「私」である。すなわち「B教授は
私のために看護婦に命じてくれた」のである。同じく用例(87)でも「交換手
が係員に電話を繋ぐ」という行動の利益は「彼」のためで、動作対象と利益
対象が異なる構文になる。

2.2.2 第三者の受益態

　動作対象と利益対象が異なる構文において受益態の構造は、前掲したよ
うに二つに分ける必要がある。元の文が人への働きかけの他動詞文の場合
とモノゴトへの働きかけの他動詞構文である。

A．人への働きかけの動詞の場合
＜ⅰ＞ 相手対象をとる自動詞にもう一人の登場人物が加わる構文
(88) 清子は源さんの紹介で小池老人を知ったので、河野夫人の方に行く
のはつらいところだったが、夜は「パルファン」の店に泊れるのが何か
の機会がきたときいいという見通しをつけて源さんに相談し、源さん
から小池老人に挨拶を<u>してもらった</u>。(針女)
(89) もちろん、その先頭に立って動いたのは、関西国際空港会社の服部
経治社長。運輸事務次官経験者でもある同社長は、ウイング復活

の必要性を痛感していた。同社長は大阪府、大阪市から新たな融資を受けるというアイデアを抱えて、古巣の運輸省に自ら出向いて説得。大蔵省には運輸次官に<u>根回ししてもらった</u>。（毎日612経）

＜ⅱ＞ 人への働きかけの他動詞にもう一人の登場人物が加わる構文
(90) 私は仕方がないから、奥さんに頼んでｋに改めて<u>そう云って貰おうか</u>と考えました。無論私のいない時にです。（こころp264）
(91) 星は駅に電話をし、見送りの人に出発の延期を<u>伝えてもらった</u>。
　　　　　　　　　　　　　　　　　　　　　　　　　　　（人民は弱し）

　上の用例(90)と(91)の元の文は「奥さんがｋにそう云う」「駅（員）が見送りの人に出発の延期を伝える」という、人への働きかけの文であるが、この文は依頼主の「私」「星」の依頼によっての行動であり、動作主体の働きかけの相手と利益対象が異なる構文である。受益態の文の中では、元の文が人への働きかけの文では、動作対象と利益対象が異なる文においても利益対象は「ガ」格で示される。

(92) 私は手帳のページを繰って図書館の電話番号を調べ、ダイヤルを回し、リファレンスの係を<u>呼んでもらった</u>。「もしもし」とリファレンス係の女の子が言った。（世界の終りと）
(93) 渡辺は、玉井所長と相談して、造船所自身で棕櫚の繊維を買い集め、加工することを進言した。そして、所長かう総務部長に、加工目減りを加えた棕櫚繊維五〇〇トンの至急買附けを<u>命じてもらった</u>。（戦艦武蔵）
(94) 文枝の従妹の夫の神沢が、東京で弁護士をやっている。霧子は、その晩、文枝に電話を<u>かけてもらい</u>、時子のことで上京するゆえ、よ

ろしくおねがいすると<u>頼んでもらった</u>。神沢は、その時子の事件を知っているばかりでなく、時子の店にも出かけたことがあって、快くひきうけてくれた。(さきに愛あり)

B. モノゴトへの働きかけの他動詞にもう一人が加わる構文

(95) 中央線沿線では、志摩病院はよく知られている。貞乃は院長と一度会ったことがあるので、霧子のために個室を<u>とってもらった</u>。

(さきに愛あり)

(96) 岩田さんは、2人のわが子に読みきかせるためにボランティアの人に点訳の絵本を<u>作ってもらった</u>。(天声人語86)

上の用例(95)(96)では、元の他動詞文は「院長が個室をとる」「ボランティアの人が絵本をつくる」という文が動作対象と利益対象が一致するやりもらい文の中では「貞乃が院長に個室をとってもらう」「岩田さんがボランティアの人に絵本をつくってもらう」という文になり、動作対象と利益対象が異なるような文の中では、「貞乃が霧子のために院長に個室をとってもらう」「岩田さんがわが子のためにボランティアの人に絵本をつくってもらう」というように、構文上は利益対象は「ノタメニ」で表されることになる。

3. 第三者のやりもらいのヴォイス性

以下では第三者のやりもらいの内部の授与態と受益態とのヴォイス性と、第三者の受益態と受動態との関係を考察することにする。

3.1 第三者のやりもらいの内部のヴォイス性

　本稿では高橋(1994)のヴォイス[12]論と同じ観点でヴォイスを捉えること
にするが、そのような立場からやりもらいにおいての授与態と受益態のヴォ
イス関係を捉えると、直接のやりもらいにおいての授与態と受益態の関係
は、働きかけのたちば(授与態)と、働きかけをうける立場(受益態)が対立し
ている形—直接の受動態と同じような関係−であり、第三者のやりもらい
においては働きかけの立場と受益態が対立しているのではなく、元のなる立
場をめぐって、授与態と受益態が派生しているとみるべきではないかと思わ
れる。例えば、「太郎が帰った」という元になる動詞文にたいして、授与態
と受益態がそれぞれ派生しており、授与態と受益態の関係はそれぞれ独立
的なのである。第三者のやりもらいにおいて授与態と受益態は同じ事柄を
利益主体の立場から捉えると授与態になり、利益対象のたちばからみると
受益態になるというような関係ではないのである。すなわち、「太郎が帰っ
た」という元になる文に対して、「太郎が次郎のために帰ってやった」にな
り、「太郎が次郎のために帰ってくれた」となるのである。さらに受益態「次
郎が太郎に帰ってもらった」にすると、利益以外に利益対象「次郎」がなん
らかの形で動作主体の「太郎」に「帰る」ように仕向けたという「依頼」という
意味が加わってしまうのである。そのために第三者のやりもらい構文におい

---

12) 高橋(1994) p131ではヴォイスの定義の中で「派生」という概念について次のよう
　　に定義している。
　　「第三者のうけみのたちばも、やはり、つかいだてのたちばとおなじように、「もと
　　になるたちば」と対立するとみるのがよいだろう。つかいだての文や第三者のうけ
　　みの文がもとのたちばからの派生だというのは、そのあらわすことがらが、第三者
　　なしに成立しているのに対して、つかいだてのたちばの文や第三者のうけみのた
　　ちばの文のあらわすことがらは、それに第三者をくわえたものとなっている。つま
　　り、これらは、はたらきかけとうけみのように、おなじことがらをべつのたちばか
　　らみるのでなく、もとのことがらに、あたらしいたちばからくわわるものをつけた
　　しているのである。派生とよんだのは、そのためである。」

て、授与態と受益態は「対立」構造ではなく、元になる動詞構文をめぐって、「派生」している構造であると思われる。

<自動詞構文>

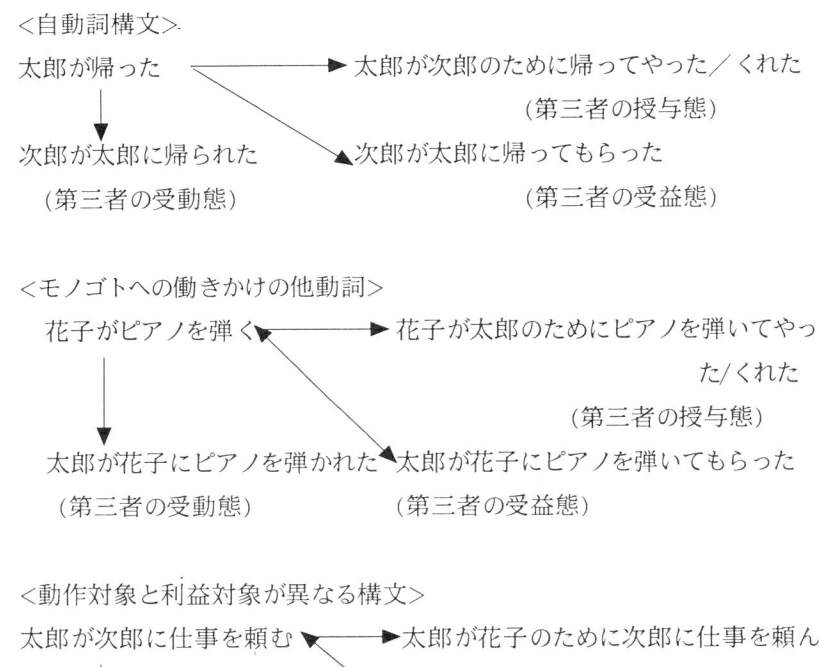

太郎が帰った　　　　　　　　→　太郎が次郎のために帰ってやった／くれた

　　　　　　　　　　　　　　　　　　　（第三者の授与態）

次郎が太郎に帰られた　　　　　次郎が太郎に帰ってもらった

　（第三者の受動態）　　　　　　　　（第三者の受益態）

<モノゴトへの働きかけの他動詞>

　花子がピアノを弾く　　　　→　花子が太郎のためにピアノを弾いてやっ

　　　　　　　　　　　　　　　　　　　た／くれた

　　　　　　　　　　　　　　　　　　（第三者の授与態）

　太郎が花子にピアノを弾かれた　太郎が花子にピアノを弾いてもらった

　　（第三者の受動態）　　　　　（第三者の受益態）

<動作対象と利益対象が異なる構文>

太郎が次郎に仕事を頼む　　　→太郎が花子のために次郎に仕事を頼ん

　　　　　　　　　　　　　　　　　　でやる／くれる

　　　　　　　　　　　　　　　　　（第三者の授与態）

*花子が太郎から次郎に仕事を頼まれる　花子が太郎から次郎に仕事を頼

　　　　　　　　　　　　　　　　　んでもらう

　（第三者の受動態）　　　　　　　（第三者の受益態）

3.2 第三者の受益態と第三者の受動態および使役態との関係

<自動詞構文>
太郎が帰った
次郎が太郎に帰ってもらった。(第三者の受益態)
次郎が太郎に帰られた(第三者の受動態)

<モノゴトへの働きかけの他動詞>
花子がピアノを弾く(元になる文)
太郎が花子にピアノを弾いてもらった(第三者の受益態)
太郎が花子にピアノを弾かれた(第三者の受動態)
太郎が花子にピアノを弾かせた(使役態)

<動作対象と利益対象が異なる構文>
太郎が次郎に本を送る
先生が太郎から次郎に本を送ってもらう(第三者の受益態)
*先生が太郎から次郎に本を送られる(第三者の受動態)
先生が太郎から次郎に本を送らせる(使役態)

　第三者のやりもらい構文が働きかけの立場と対立する構造ではなく、元になる文から派生している構造であることを前掲したが、元になる文から派生している構造には「第三者の受動態」と「使役態」がある。しかし本稿での大量の用例の調査では「第三者の受益態」の性格は多くの用例で、第三者の受動態よりは、使役態の性格が強いことが分かった。多くの用例で第三者の受益態においてのガ格はニ格の動作主体にある行為を依頼する依頼主としての性格をもっており、使役態においてのガ格と同じような性格をもっていた。

.

第五章
評価と原因のやりもらい
―やりもらい構造からの解放―

1. はじめに

　前節まで言及したやりもらい構文の構造から解放された構文に評価と原因のやりもらい構文がある。評価と原因のやりもらい構文は「～てやる」と「～もらう」構文には見られず、「～てくれる」動詞だけに見られる構文である。「評価のやりもらい」構文は動作主体はあっても、利益主体が存在せず、利益対象も構文上に現れておらず、構文の外に存在する話し手―地の文では語り手―が利益を得ていると捉えている構文である。すなわち、話し手がある出来事―動作主体の状態、感情、動作や自然現象など―に対して、自分にプラスになったと主観的に捉えている構文で、話し手の「評価の気持」が入っている構文である。また原因のやりもらい構文も、構文上に動作主体が存在していないが、利益対象がある非情物を利益主体として仕立てて、その非情物から利益を得ると捉えている構文である。評価と原因のやりもらい構文は、利益主体が存在しないのに話し手および受け手が或ることに対して主観的に利益になったと捉えているという点ではやりもらい構文の構造から解放されている構文である。

2. 評価のやりもらい

2.1 評価のやりもらいの構造

　評価のやりもらい構文は、利益主体が存在せず、利益対象も構文に現れていない構文で、構文の外側にいる話し手がある出来事－動作主体の状態、動作、感情、自然現象等－に対して話し手にプラスになると評価している構文である。以下に見られるように評価・原因のやりもらいは「～てくれる」文だけに存在し、「してやる」構文にも「してもらう」構文にも存在しない構文である。そのため、評価・原因のやりもらい構文は、前節までの直接のやりもらい構文や持ち主のやりもらい構文、第三者のやりもらい構文とはことなり、授与態と受益態がヴォイスの体系を成していない。

太郎が	**感動した**	
動作主体(感情主)	感情	
太郎が	**感動してくれた**	
動作主体	感情	評価主体(話し手)

　「太郎が喜ぶ」という出来事全体に対して、話し手が話し手にとって好ましいこととして、プラス的に判断している構文で、構文の「ガ」格の動作主体は「＊太郎が次郎のために感動してやった」と、表現できないことから利益主体ではない、「次郎のために」という利益対象が入れないことから利益対象も存在しない構文である。利益行為として判断しているのは、文の構造には現れていない、文の外に存在している話し手なのである。そういう面で評価のやりもらいはここまで考察してきた「直接のやりもらい」「持ち主のやりもらい」「第三者のやりもらい」の構文とは異なる構文である。また評価のやりもらい構文のもう一つの特徴は、「直接のやりもらい構文」と「持ち主

のやりもらい構文」と「第三者のやりもらい構文」は授与態は与え手側の立場で述べると「してやる」動詞を、受け手側の立場で述べると「してくれる」動詞を用い、また主語を受け手側にして述べると受益態「してもらう」動詞になり、それらは立場を変えると置き換えることができたが、評価のやりもらい構文は「～てくれる」構文にしか存在せず、「～てやる」構文と「てもらう」構文に置き換えることができないのである。評価のやりもらい構文は、出来事に対して評価という側面では迷惑の受動文と共通性をもっている。「雨が降った」という出来事—評価対象—に対して、「太郎が雨に降られた」はマイナスの評価を、「雨が降ってくれた」の場合には、プラスの評価を表している。

2.1.1 評価対象が動作主体の状態

(1) 「みんな無事でよかった。ほんとうによかった」渡辺が云った。「生きていてくれてよかった。こちらは二度と会えまいと思ったの、せめて死に場所でも確かめようと出て来たんじゃがの」 (黒い雨)

(2) 電車が動き出しても、大倉の顔は見えなかった。清美がホットしたとき、「やあ、乗っていてくれたね」と大倉が顔を出した。(予約204)

(3) そんな事かまっていられるかい。まごまごすると、頭から金星産の水むし菌をぶっかけるぞ。こいつは足の裏だけじゃなくて体じゅう繁殖するんだ。——それでもやっと若い女事務員の一人が菌をわけた先を二、三おぼえていてくれた。(紙か髪か)

(4) 「まあ、あなたが此処にいてくれてよかった。わたしも、これで安心しましたよ、方子さん」静は言い終わると手で胸を撫でおろした。

(剣366)

上の用例(1)は「みんな」が「生きている」という状態に対して、話し手が望んでいた行動であるとプラス的に評価している構文である。すなわち、動作

主体である「みんな」は話し手のために生きていたのではないが、話し手が「みんなが生きていること」、事柄全体に対して望んでいたこととしてプラス的に評価している構文なのである。また、用例(2)でも動作主体「清美」は話し手の大倉のために電車に乗っていてやったのではないが、話し手の大倉が「清美」が電車に乗っていることに対して望んでいたこととして評価しているのである。そのためここの構文での動作主体は利益主体としての性格は持っておらず、利益対象も構文に出ていない。評価している評価主体も文の外側にいる話し手である。評価のやりもらい構文では「よく」などの副詞が多く出たり、「よかった」という話し手の評価の気持ちを表す述語が「くれる」動詞と共に使われたりするのが特徴である。

2.1.2 評価対象が動作主体の動作

(5) と彼はいい、私の胸の名札をのぞきこむようにして、また目をしばたたいた。「張君か。きみは兵藤校長のところにいる満洲人だね。<u>よく志願してくれた</u>。先生にあとでお伝えしよう。しっかりやれ。」

(驢馬)

(6) 武蔵野東学園の北原キヨ校長(62)は、結婚して小学校の教師を退職後、小さな幼稚園を開いていた。たまたま自閉症の子が入園してきたのを、特別扱いせずに他の子どもたちと一緒に育てたら、<u>ちゃんと適応してくれた</u>。(天声人語87)

(7) 常総学院・木内幸男監督 清本が初の公式戦で<u>あれだけ投げてくれるとは</u>。バントを失敗なくやってくれたのがうれしい。(毎日603ス)

(8) 衿子にはさんざん苦労をかけている。衿子をとくになぐさめてやる必要があった。ゴルフにかこつけて、田能村清州は衿子をあそびにつれ出したものである。病人の看護から、死後のごたごたを、衿子は<u>みごとにさばいてくれた</u>。二十一歳の娘にしては、出来すぎたほどのふるまいであった。(丹羽・顔)

　上の用例(5)と(6)のような相手の動作に対する評価のやりもらい構文
も、上の文脈の構文を「＊張君が彼のために志願してやった」「＊自閉症の
子が幼稚園に適応してやった」と言えないことから、動作主体はいてもその
動作主体は利益主体としての性格は持っていないことが分かる。「張君が志
願したこと」「自閉症の子が適応したこと」という事柄全体に対して、話し手
「彼」「北原キヨ校長」が評価している構文であると思われる。

　また用例(7)でも「清本(ボールを)投げた」ことに対して、用例(8)でも「衿
子がさばくこと」に対して、それぞれ話し手の「木内監督」「田能村清州」が
動作主体の行動に評価しながら、それが話し手が望んでいたこととして、
そして話し手に利益になったこととして評価している構文なのである。この
ような動作主体の動作に対する評価性のやりもらい文は、以下の用例にも
みられるように、スポーツ新聞等に多く見られる構文である。スポーツ界に
対する新聞では勝ち負けがはっきりしている内容で、それが話し手にとって
プラスかマイナスかがはっきりしている内容であるからであろう。そしてこ
の構文のもう一つの特徴としては、「よく、みごとに、あれだけ、ちゃんと、
キチッとした、素晴らしい」などの評価性の副詞と共に現れている構文が多
い。

(9) 鉄三がおしゃべりをした。鉄三ちゃんが<u>とうとうしゃべってくれた</u>。
　　小谷先生はかえりの電車の中でなんども笑い出しそうになり、あわ
　　てて口のあたりをおさえた。(兎93)

(10) 三四郎は声を掛けようかと考えた。距離があまり遠過ぎる。急いで
　　二三歩芝の上を裾の方へ下りた。下り出すと好い具合に女の一人が
　　<u>此方を向いてくれた</u>。三四郎はそれで留った。(三四郎)

(11) 「カルガリーの時はただ一生懸命やるだけだった彼女が、今回はナー
　　バスになりながらも<u>キチッとした演技をしてくれ</u>た。プレッシャーの
　　中で取った金だからカルガリーよりずっとうれしい」とグリンコフ

は、今や自分の妻となったゴルデーワをたたえた。(毎日602ス)

(12) 三村監督も「球宴明けの最初のヤクルト戦。勝ちたい試合で打線が<u>素晴らしい</u>集中力を<u>出してくれた</u>」とほおを緩める。(毎日708ス)

(13) 巨人・長嶋監督「緒方にヒットは期待したがよもや満塁ホームランとは……。普段有り得ない珍しいことがよく起こりますね。それに桑田が<u>良く投げてくれた</u>。」(毎日610ス)

(14) 「ラモスは経験が豊富なので、去年からスイーパーとして使うことを考えていた。後ろから全体が見られるのでアドバイスなどチームの力になる。<u>予想通りの働きをしてくれた</u>」と久々の勝利にネルシーニョ監督もホッとした表情。(毎日704ス)

(15) …仰木オリックスが3戦目で初勝利。完投の佐藤義を出迎えた仰木監督に捕手の中嶋が「はい、これ」とウイニングボールを手渡した。一瞬、戸惑いの表情を見せた仰木監督だが、うれしそうにおしりのポケットに突っ込んだ。「佐藤が<u>いいピッチングをしてくれた</u>。3点取ってから踏ん張れたのはさすがベテラン。」(毎日604ス)

(16) 青森山田・五十嵐康朗監督あれだけヒットが出たのに点が入らなかったのは自分のせい。後半は点が取れる感じがしていた。大窪が<u>持ち味の粘っこさを発揮してくれた</u>。(毎日708ス)

2.1.3 評価対象が動作主体の感情や思考

感情や思考活動を表す動詞群、「感動する、気が付く、感動の声をあげる、その気になる」などの感情を表す自動詞群と「くれる」動詞が結合すると、動作主体の感情に対して話し手が評価している構文になる。

2.1.3.1 動作主体の感情に対して

(17) 「何度も言うようですがあれを見て印度に惹かれる人と、徹底的に嫌

いになる人と二つに分かれますよ」と江波は印度のためにいつもの弁
解をした。

「沼田さんと磯辺さんは<u>感動してくれましたよ</u>」(河 p 237)

(18) 「死んだものの墓どころかいな。今日では、このわしが生きたお墓に
　　　なりそうだよ。しかし、さすがはおまえだね。いいところへ<u>気がつい</u>
　　　<u>てくれた</u>。(路傍の石)

(19) 庭は、健在であった。時間による風化のまま素直に荒れていて、観
　　　光という人工が加わっておらず、そのことに須田画伯が<u>感動の声を</u>
　　　<u>あげてくれた</u>。私は画伯を道案内してここまできた甲斐があったと
　　　おもった。(街道をゆく1)

(20) 「結婚って…先生」
　　　誰もなにもいわないので、はるみは止むなく問い直した。(中略)
　　　「年甲斐もないことですが、幸い、彼女も<u>その気になってくれました</u>
　　　ので…」(家)

　用例(17)と(18)で元の文の動詞は「感動する、気がつく」で、自動詞文な
ので動作対象に対する働きかけ性を持っていない。本稿での調査では、上
で挙げた動詞以外にも「感激する、喜ぶ、わかる、案じる、思う、その気に
なる」などの感情や思考を表す動詞文が前項動詞として多く現れていた。こ
れらの動詞は自動詞であるので、動作主体は単なる感情の持ち主であるだ
けで、利益対象に利益行為をするような働きかけ性は持っていない。主語
は話し手のためにその感情になったのではないが、話し手が主語の感情に対
して、話し手にとって期待した、あるいは好ましいこととして評価している
のであろう。

2.1.3.2 動作主体の思考に対して

「思う、思い出す、決心する、推断する、状況判断する、承知する、理解する、思いつく」などの思考活動を表す自動詞およびモノゴトへの働きかけの他動詞と「くれる」動詞が結合すると動作主体の思考に対して話し手が評価している構文になる。

(21) 管理部長はまじまじとおれを見詰め、やっと思い出してくれた。

（湿原）

(22) 「これから相撲一筋にいきます」
「そうか、学校は、やめるか」と、九重親方は喜色満面でいった、
「……両立しない、それが自分でよくわかったんだな」
「はい、申しわけありませんでした」
「よく決心してくれた。おまえが、こういってくる日が、いつか、いつかと待ってた」そういって九重親方は、目の涙を大きな手で拭った。
（千代の富士）

(23) 電報には一寸会いたいが来られるかという意味が簡単に書いてあった。私は首を傾けた。「きっと御頼もうして置いた口の事だよ」と母が推断してくれた。（こころ）

(24) 大阪言葉の女給である。上品な人である。私は、その人に五円しか無いことを言って、なるべくお酒をゆっくり持って来てくれるように、まじめにたのんだ。女の人も笑わずに、承知してくれた。（俗天使）

(25) 星は二つの官庁のあいだを往復し、多くの人にむかって、同じような説明の言葉を何度となくくりかえした。しかし、疲れを感じるどころではなかった。このような前例を作らせてはならない。やっと、まず外務省側が理解してくれた。（人民は弱し）

　上の用例(21)ではガ格の動作主体の「管理部長が思い出す」という思考について、話し手の「おれ」がプラスの評価をしている構文で、用列(22)では動作主体の「お前が決心した」ことについて話し手の「九重親方」が待ちに待ったことであると評価している。さらに用例(23)では「母が推断した」ことに対して話し手の「私」が、用例(24)では「女の人が承知した」ことについて話し手の「私」が、用例(25)では「外務省が理解した」ことについて話し手の「星」が、それぞれ話し手にとって有難いこととしてプラスの評価をしているのである。

2.1.4 評価対象が自然現象

(26) 日本ハム・広瀬ライトフライかと思ったけど、いい具合に<u>風が吹いてくれた</u>。(毎日605ス)

(27) そのときサキは蓮芋畑のなかで草むしりをしていたが、手拭を姐さん被りにしてしゃがんでいたので芋の広葉が<u>閃光を遮ってくれた</u>。

(黒い雨)

　自然現象に対しての評価性は、用例(26)では「風が吹く」ことに対して、話し手の「広瀬」が、用例(27)では「広葉が閃光を遮ること」に対して語り手の「サキ」が、その自然現象がちょうど都合のいいことであると、話し手に利益になったと評価している構文である。

3. 原因のやりもらい

　原因のやりもらいは、利益主体「ガ」格が非情物で、その非情物によって「ヲ」格、「ニ」格、「ノタメニ」の利益対象が利益を得たと主観的に捉えている構文である。すなわち、ガ格の非情物は意志をもって利益対象に利益行

為ができるわけではないが、利益対象がその非情物から何らかの利益を得たと捉えているのである。前節での「評価のやりもらい」も「原因のやりもらい」も話し手および利益対象がある出来事や事柄からある利益を得たと主観的に捉えているという点では連続している構文であると思われる。

3.1 原因のやりもらいの構造

雨が	彼女を	冷静にした
動作主体(原因)	動作対象	動作
雨が	**彼女を**	**冷静にしてくれた**
動作主体(原因)	動作対象	動作
利益主体	利益対象	利益行為

3.1.1 利益主体が「自然物」の場合

ガ格の利益主体が自然物の場合、構文の中にヲ格やニ格、ノタメニで示される利益対象がその自然物から利益を得たと捉えている構文である。

3.1.1.1 利益対象がヲ格である場合

(28) 雨と風との冷たさが、ようやく彼女を冷静にしてくれた。

(人間の壁・中)

(29) 人の手の入っていない深い自然のもたらす大地の鮮かな息づかいがあたりに充ち、それは僕の心を静かに解きほぐしてくれた。

(世界の終りと)

(30) 少年だったカミの心を、その畑は毎年満たしてくれた。(或る聖書)

上の用例(28)と(29)ではそれぞれガ格の利益主体が「雨と風との冷たさ」

と「大地の鮮やかな息づかい」という自然物で、その自然物からヲ格の利益
対象「彼女」と「僕のこころ」が「冷静にする」や「解きほぐす」のような利益を
得たと主観的に捉えている。また用例(30)も「畑」という自然物からヲ格の利
益対象「カミの心」が「満たす」という利益を得たと捉えている構文である。

3.1.1.2 利益対象が二格である場合

(31) 庭に潜む夜の闇が私にそれを、祐志のほんとうの心を教えてくれる。
　　　　　　　　　　　　　　　　　　　　　　　　　　　　　　（ハネ26)

(32) 都会から疲れて来た高瀬には、山そのものが先ず活気と刺激とを与
　　えてくれた。(岩石の間)

(33) 温泉と、オゾンに富んだ新鮮な空気と、これまでの煩はしい生活から
　　全く切り放された長閑な旅先の生活と、この三つのものが、三千代
　　に彼女の健康を取り戻してくれた。(海燕)

　上の用例(31)に見られるように、「闇」等の自然現象が主語の場合も、
「闇」は自然現象であり、意志を持って行動できる利益主体になれないが、
二格の利益対象である「私」がある自然現象から「祐志のほんとうの心」とい
うものを「教える」という利益を得たと捉えている構文である。また用例(32)
と(33)を簡単にすると「山そのものが高瀬に活気と刺激を与える」や「この三
つのものが三千代に健康を取り戻す」のようになり、ガ格の「山そのもの」と「
三つのこと(温泉、新鮮な空気、旅先の生活)」という自然現象から二格の
利益対象である「高瀬」「三千代」に、「活気と刺激」「健康」という「ヲ」格の
利益物を「与える」「取り戻す」という利益行為をしたと主観的に捉えている
構文である。

3.1.1.3 利益対象がノタメニである場合

(34) <u>吹雪</u>は時々止んで視界を<u>彼のために</u><u>拡げてくれた</u>。(孤高の人)

　上の用例(34)では「吹雪」という自然現象から「彼」という利益対象が「視界を拡げる」という利益を得たと捉えている構文である。この用例において元になる「拡げる」という動詞は「視野を拡げる」のようにモノゴトへの働きかけの動詞であるので、利益対象は「ノタメニ」によって表されている。

3.1.2　利益主体が「出来事」や「事柄」である場合

　ガ格の利益主体が「物」や「事柄」である場合は、ヲ格、ニ格、ノ格で示される利益対象が、ガ格の「物」や「事」によって利益を得たと主観的に捉え、その物や事を利益主体として仕立てている構文である。

3.1.2.1 利益対象がヲ格である場合

(35) <u>この考え</u>が美津子を退屈な授業から<u>救ってくれた</u>。(河70)
(36) 事故が<u>私</u>を<u>鍛えてくれた</u>。(現代人物誌)

　上の用例(35)と(36)ではガ格の利益主体「この考え」や「事故」から、ヲ格の「美津子」や「私」という利益対象が「救う」や「鍛える」という利益を得たと捉えている構文である。

3.1.2.2 利益対象が二格である場合

(38) だが、その<u>悲哀感</u>は清潔でかえって<u>彼に</u>勇気と畏敬の念を<u>おしえてくれた</u>。(山塔)

(39) 今回の出来事は、しかし、日本人になにがしかの励ましと安心感を与えてくれた。(天声人語90)

(40) そのことはぼくにかすかな自信というか、ある信念を植えつけてくれた。(楡家の人びと)

(41) とにかく、新聞小説で成功したことは、職業的な地位を、私に約束してくれた。(娘と私)

3.1.2.3 利益対象がノ格である場合

(42) 湯上りの、あたたかい部屋と、熱いウイスキーが、こわばっていた成二の神経をいくらかやわらげてくれたようでもある。(女たち197)

(43) と、吾一の鼻の先に、丸い、ふわふわしたものを突き出した。吾一は面くらった。見ず知らずの人から、お菓子をすすめられるなんて、あまりに思いがけないことだった。だが、その丸い、ふわふわしたものは、吾一の緊張した気もちを、急にほどいてくれた。(路傍の石)

(44) 私は、笑い声を立て、綱渡りのような、怪しい足取りをしてる直昭も、その後に従う麻理も微笑を浮べた。その笑いが、朝から、私の胸を縋りつけてる緊張を、快く、解いてくれた。(娘と私)

(45) この発見は、はためく風が、皮膚の上から、みるみる砂と汗を分離してしまったように、たちまち彼の感情のこわばりを、ときほぐしてくれた。(砂の女)

4. 評価と原因のやりもらい構文のヴォイス性

4.1 評価と原因のやりもらい構文の内部のヴォイス性

評価と原因のやりもらいは、やりもらい構造の中では「〜てやる」と「〜てもらう」との体系を成しておらず、「〜てくれる」動詞だけに存在する構文である。評価のやりもらいは、利益主体も利益対象も構文上には存在せず、話し手が或る出来事—動作主体の状態や動作、および感情、自然現象など—に対して自分にプラスになったと評価している構文であった。原因のやりもらい構文は利益主体「ガ」格は構文に存在しており、利益対象も構文にヲ格やニ格およびノタメニで示されていたが、利益主体が非情物であるので、本来の利益主体とは性格が異なっている。利益対象がガ格の非情物から利益を得ているかのように主観的に捉えている構文なのである。そのために当然評価や原因のやりもらい構文は「やりもらい」構文の内部の授与態と受益態がヴォイスの体系を成していない。

4.2 受動態との関連性

評価と原因のやりもらい構文を受動態および使役態との関連性を考えると、評価のやりもらいは話し手がある出来事を主観的に自分と結びつけるという、関係付けという側面では第三者の受動態と共通性をもっている。たとえば「雨が降った」や「友達が来た」という出来事に対して「雨に降られた」「友達に来られた」と捉えるならば「第三者の受動態」になるのだが、話し手が「雨が降ってくれた」とプラス的に捉えるならば「評価のやりもらい」構文になる。

第六章
使役やりもらい

1. はじめに

　使役構文にやりもらい構文が結合した構文、「〜（さ）せてやった／くれた／もらった」のような文を本稿では使役やりもらいと名づけているが、使役動詞「〜（さ）せる」にやりもらい動詞が結合した使役やりもらい構文の構造はかなり複雑になる。この章では使役動詞にやりもらい動詞が結合した構文を考察する。

2. 使役やりもらい構文の構造

2.1　直接の使役やりもらい

　「直接の使役やりもらい」とは、使役主体ガ格から動作主体ヲ格およびニ格へ働きかける使役構文に、やりもらい動詞が結合して出来ている構文である。前項動詞が使役動詞という派生動詞であるという点を除けば構文的には2章で言及した「直接のやりもらい」構文と同じ構造をもっている。本稿では、「直接の使役やりもらい」構文をヲ格の動作主体への働きかけ構文と、「ニ」格の動作主体への働きかけの構文にわけて考察する。

2.1.1 ヲ格の動作主体への働きかけ

		太郎が	帰る(自動詞文)
		動作主体	動作
先生が	太郎を		帰らせる(使役文)
使役主体	動作主体(動作主体)		働きかけの動作
先生が	太郎を		帰らせてやった/くれた
使役主体	動作主体		働きかけの動作
利益主体	利益対象		利益行為
太郎が	先生に		帰らせてもらった
動作主体	使役主体		働きかけの動作
利益対象	利益主体		利益行為

　「太郎が帰る」のような自動詞文はそのままの形でやりもらい構文に参加するときには、前節で触れたように、授与態では「太郎が家族のために家に帰ってやる／くれる」になり、受益態では「家族が太郎に家に帰ってもらう」のようになって、元になる動詞文に存在していない利益対象が新たに現れる「第三者のやりもらい」構文になる。またもうひとつの方法は使役動詞になることによって人への働きかけ性を獲得し、授与態では「先生が太郎を帰らせてやった／くれた」となり、受益態では「太郎が先生に帰らせてもらった」のようになる。自動詞から派生した使役動詞は上の構文図にみられるように「太郎を」とヲ格の動作主体への働きかけの構文を構成する[1]。本稿では

---

1) 高橋(1988)には、使役動詞には自動詞の他動詞化の用法があることについて次のように述べている。
　「使役動詞は、本来の使役構文のなかでつかわれるとき、動作主体に対して、その動作をするように指示することをあらわす。そして、使役動詞は、このほかに、他動詞相当の用法をもつ。そのひとつは、主語が原因をあらわす構文の述語になる用法であり、もうひとつは、対応する他動詞をもたない自動詞を他動詞化させる用法である。」

ヲ格の動作主体への働きかけの構文をさらに佐藤(1986)の使役構文の分類に基づき、使役動詞を意味的な面で「指令」および「許可」の使役やりもらいと、「変化の引き起こし」の使役やりもらい構文に分けて考察することにする。

<ヲ格の動作主体への働きかけの構文を成す動詞群>

ヲ格の動作主体への働きかけの使役やりもらい構文を成す動詞群は自動詞派生の使役動詞群が大半を占めている。

① 指令や許可による使役やりもらい構文

「帰らせる、任官させる、行かせる、脱出させる. 進級させる、上陸させる、会わせる、一緒にさせる、退院させる、寝泊りさせる、加えさせる、便乗させる、休ませる、転勤させる、仁まわせる」等の自動詞派生の使役動詞群

② 変化の引き起こしの使役やりもらい構文

「喜ばせる、楽しませる、忘れさせる、(気分に)浸らせる、わくわくさせる」等の動主体の感情を表す自動詞派生の使役動詞

上の使役動詞の分類において①類の使役動詞は意志動詞で、②類の使役動詞は主に人間の感情を表す動詞で無意志動詞である。①類の使役動詞は構文によって、動作主体の意志に先立って使役三体が動作主体に動作を指示する場合には「指令2)」の意味になり、動作主本が先にその動作をしようとして使役主体がそれを許可する場合には「許可」の意味合いにな

---

2) 佐藤(1986)では指令について次にように定義している。
「ふつう、この種の文では動作をひきおこすもと、最初の動機、発端は使役主体にある。使役主体の目的意識あるいは意図のなかに動作をひきおこすもくろみがあらかじめ用意されていて、≪命令≫その他の手段で相手＝動作主体にはたらきかけるのである。」

る。また②類のような無意志動詞で人間の感情を表す使役動詞は使役主体が動作主体にそう感情を引き起こす引き金のような存在である。

2.1.1.1 指令や許可による利益

「帰らせる、行かせる、任官させる、進級させる、脱出させる、上陸させる、座らせる、会わせる、一緒にさせる、退院させる、寝泊りさせる、加えさせる、便乗させる、休ませる、転勤させる、住まわせる」等のような使役動詞は使役主体の「指令」か「許可」によって動作主体の行動が成される構文である。そのような使役構文にやりもらい動詞が結合すると、使役主体の動作主体への「指令」や「許可」によってヲ格の動作主体が利益を受けることになる。

Ａ．指令による利益

　以下の用例においてはガ格の使役主体がヲ格の動作主体(動作主体)にある行為を指示することによって動作主体が動作を行う「指令」による使役動詞にやりもらい動詞が結合している。

＜ⅰ＞　使役授与態

　使役授与態構文はガ格の使役主体からヲ格の動作主体(動作主体)への働きかけの構文に「やる」「くれる」動詞が結合して出来た構文である。

＜与え手側の使役授与態＞
　(1)　彼女は礼を言って、案内の少年を帰らせてやった。(人間の壁・上)
　(2)　通勝は信長が少年のころ、家中の重臣どもと諜しあわせて弟の織田信行を立てようとした老臣だが、その後信長はゆるし、部将として休みもなく追い使い、朝廷に奏請して佐渡守にも任官させてやっ

　<u>た</u>。(国盗り物語)

　上の用例(1)と(2)で、元になる使役動詞文は「彼女は案内の少年を帰らせた」「信長は通勝を任官させる」で、ヲ格の動作主体「少年」や「通勝」への働きかけの使役動詞構文に授与態「やる」動詞構文がかぶさっている。この構文ではガ格の使役主体「彼女」と「信長」が利益主体となり、ヲ格の動作主体「案内の少年」と「通勝」が利益対象となる構造である。

＜受け手側の使役授与態＞
　(3)　だって姉さんは、父さんと母さんが死んじゃってから、女手ひとつで、たったひとりの弟のこのぼくを育ててくれたんだもの。それだけじゃない。働いて、ぼくを学校に<u>行かせてくれた</u>。(四千字劇場)
　(4)　「そちは奈良でわしを<u>脱出させてくれた</u>。こんどもすべてそちの宰領にまかせよう」(国盗り物語)
　(5)　矢須子は僕の顔を見て「まあ、おじさんの顔、どうしたんでしょう」と云った。「なに、ちょっと火傷しただけだ」と僕は云った。矢須子の話では、能島さんは草津から漁船を雇って、みんなを京橋川右岸の御幸橋の川下のところに<u>上陸させてくれた</u>。(黒い雨)

　上の用例(3)～(5)で元になる動詞文は、それぞれ「姉さんがぼくを学校に行かせる」「そちがわしを脱出させる」「能島さんがみんなを川下に上陸させる」というヲ格の動作主体への働きかけの使役動詞構文で、その構文に授与態動詞「くれる」動詞が結合して出来ている構文である。この構文もガ格の使役主体「姉さん」「そち」「能島さん」が利益主体となり、ヲ格の動作主体「ぼく」「わし」「みんな」が利益対象となる構造である。

<ii> 使役受益態

　使役受益態とは、使役動詞に「もらう」動詞が結合して出来た「~（さ）せてもらった」構文のことを指している。使役の授与態が使役構文に授与態「~てやった／くれた」構文がその上にかぶさって出来ている構文であるとすれば、使役受益態の構文は、「ヲ」格の動作主体が「ガ」格の利益対象となり、使役主体は「ニ」格の利益主体として現れ、使役動詞文および使役授与態文とは格の交替が起こることになる。

> (6) 開発では、ミッチーさん(故・渡辺元副総理)にお世話になった。——
> ——その経緯は。91年の初め、ある会合で知人の自民党国会議員に
> 「ベトナム油田開発に日本が入っていない。ウチが乗り出したい」と
> 話したら、ミッチーさんに会わせてもらった。(毎日9611)

　上の構文(6)の元になる動詞文は「自民党国会議員がウチをミッチーさんに会わせた」という使役動詞である。その構文を元になる動詞文にして、使役受益態では「ウチが自民党国会議員にミッチーに会わせてもらった」のような使役受益態文になる。すなわち使役動詞文でのガ格の使役主体「自民党国会議員」がニ格となって利益主体となり、動作主体「ウチ」がガ格となって利益対象になる構造である。

Ｂ．許可による利益[3]

　動作主体が使役主体の指示に先立ってその動作をしようとしていて、そ

---

3) 佐藤(1986) p 111 では「許可」について次のように定義している。
　「いわゆる≪許可≫や≪禁止≫を表現する文も、動作の源泉は動作主体にある。動作主体のもくろみのなかに、あるいは使役主体からの≪許可≫、≪禁止≫の指示にさきだつ時間のなかに、すでにその動作の発端がなければ、このようなはたらきかけは成立しない。動作の源泉が動作主体にあるばあい、その文は「許容性」の特徴をもつ」

れを使役主体がが容認するような形で使役文が成り立っている場合には「許可」や「放任」の使役文になる。そのような「許可使役文」や「放任使役文」にやりもらい動詞が結合すると、使役主体が動作主体に「許可」することや「放任4)」することによって、動作主体に利益にもたらすことになる。

＜ⅰ＞ 使役授与態
＜与え手側の授与態＞
(7) 突然、その声が大きくなって、「お前は女房にも働かすというた。共稼ぎで、二倍にして返すというたから一緒にさせてやった。わしが——苦労してお前にかけた金が、そんなお前の計算違いで無駄にしてたまるか」(かるたの記憶)

　上の用例(7)は文脈から、ヲ格の動作主体である「お前と女房」が「一緒になる」ことをガ格の使役主体「わし」が「許可」したことを表す「許可使役文」が元になる動詞文である。そのような使役構文に授与態「やる」動詞が結合して出来た構文で、ガ格の使役主体「わし」が利益主体になり、ヲ格の動作主体「お前と女房」が利益対象となる構造になっている。

＜受け手側の使役授与態＞
(8) 悠一のお袋が辞退するにもかかわらず、この隣組内に将校が帰って来ると鼻が高いというわけで、隣組一同で悠一の退院促進の件を決議した。·もはや陸軍病院の当事者は、悠一が軍人として使いものにならないと見極めをつけていたようであった。悠一を仮りに中風患者と診断して退院させてくれた。(遥拝隊長)

---

4) 本稿で調査した使役やりもらいの用例には「放任」の用例がなかったので、扱うことができなかったが、これからの課題にしたい。

　上の用例(8)は元になる使役動詞文は「陸軍病院の当事者は悠一を退院させた」というヲ格の動作主体への働きかけの文である。この構文も文脈から動作主体である「悠一」が退院したがっていることが読み取れる文であるので、使役主体の「陸軍病院の当事者」が、動作主体である「悠一」が「退院する」ことを許可したという使役構文になる。

＜ⅱ＞　使役受益態

(9) そのコースでは毎月1回、支配人の呼びかけによってキャディー全員との情報交換会が持たれていた。支配人とは数十年来の付き合いがある私は、秘密厳守を条件に、<u>懇願して会合の末席に加えさせてもらった</u>。(毎日9604)

(10) 渡辺と高丸は蘆田川の渓流に沿う坂道を二時間あまり歩いて下り、魚断淵というところまで行くと木炭動力の空きトラックが来たので、<u>頼んで便乗させてもらった</u>。(黒い雨)

(11) 父親はがんに関する本を読みあさった。漢方薬や他の方法で、助けられないかと探してもみた。医者は手術するしかないと言う。会社に<u>頼み</u>、福岡から東京近郊の支店に<u>転勤させてもらった</u>。

(毎日703社)

　用例(9)は「支配人が私を会合に加えさせた」という使役動詞文が元になる動詞文である。用例(10)も「トラック(の運転手)が渡辺と高丸を車に便乗させた」が、用例(11)では「会社が父を東京近郊の支店に転勤させた」という使役動詞文がそれぞれ元になる使役動詞文である。この使役動詞文は文脈に、「懇願して」「頼んで」「頼み」などの副詞句が現れていることから、動作主体(＝動作主体)の頼みに対して使役主体が「許可」している使役構文であることが分かる。そのような「許可」の使役動詞に「もらう」動詞が結合して

出来た構文である。ヲ格の動作主体への働きかけの使役動詞構文に「もらう」動詞が結合すると、元になる文での使役主体「支配人」「トラック(の運転手)」「会社」が二格となり、動作主体「私」「渡辺と高丸」「父」がガ格となって、「私が支配人に会合に加えさせてもらった」「渡辺と高丸がトラック(の運転手)に車に便乗させてもらった」「父が会社に東京近郊の支店に転勤させてもらった」のような使役受益態構文となる。

2.1.1.2 変化の引き起こし[5]による利益

「喜ばせる、楽しませる、忘れさせる、(気分に)浸らせる、わくわくさせる」等の感情を表す自動詞派生の使役動詞は、使役主体から動作主体へのはたらきかけは前節で言及した「指令」や「許可」による働きかけとは性質が若干異なってくる。「変化の引き起こし」での使役主体は、動作主体に直接的に命令したり、指図したり、なんらかの行動を仕向けることではなく、使役動詞の働きかけはヲ格の動作主体へある感情を抱かせる存在である。「変化の引き起こし」による使役も動作の動機は「指令」と同じく使役主体にあるが、使役主体が動作主体にある行動を指示するというより、動作主体に感情の変化を起こす存在である。このような使役構文にやりもらい構文が結合すると、感情の変化の引き起こしによって、それが結果的に動作主体に利益をもたらすことになる。

A. 使役授与態

<ｉ> 与え手側の使役授与態

---

5) 佐藤(1986)では「変化の引き起こし」に対して次のように定義している。
　人間の状態変化のひきおこしを表現する文にあらわれる補語＝相手は、変化をひきおこす作用のうけ手であるとともに、変化の主体でもある。(中略)それにたいして、≪変化のひきおこし≫の文のなかでつかわれる使役動詞は、ほとんどが自動詞からの派生である。主体の変化を名づけるのは自動詞の本分なのだろう。

(12) 志摩は、そのくらいのことはしてやる気だったから、<u>いそいでさがし</u><u>てやるといって</u>、結構春子を<u>よろこばせてやった</u>。（さきに愛あり）

　上の用例(12)で元になる動詞文は「志摩が春子をよろこばせた」で、「志摩」が「春子」を「よろこばせる」感情を引き起こす引き金的な存在である。「変化のひきおこしによる利益」構文には、上の用例(12)波線の「いそいでさがしてやるといって」のような動作主体の感情の変化をもたらした内容が記されている構文が多い。

<ⅱ>　受け手側の使役授与態
(13) 二学年になったら、黴菌学という学課も加わって、細菌の形状を教えるのに、教室で講師が幻灯を映し、いろいろその形状の特徴など説明して下さったものだが、課業が一段落ついても、なお時間が余っている際には、<u>風景や時事の画片を映して私たちを楽しませてくれた</u>。（惜別）
(14) 走ってパスをつなぐより、陣地を稼ぎ、相手のミスを誘うハイパントが幅をきかせている。ボールをつないで攻めるという意識が大阪工大高はどのチームより高かった。好機と見れば、<u>自陣ゴール前からでも回し</u>、見ている者を<u>ワクワクさせてくれた</u>。選手の技術の高さはもちろん、日本が目指すべきラグビーを高校生がここまで完ぺきにやってのけたことに驚いている。（毎日9601）

　上の用例(13)と(14)の元になる使役動詞文は「講師が私たちを楽しませた」と「大阪工大高が見ている者をわくわくさせた」である。この動作主体への感情の引き起こしの使役動詞構文に「くれる」動詞が結合して出来た構文が「講師が私たちを楽しませてくれた」「大阪工大高が見ている者をわくわくさせてくれた」である。感情の引き起こしによる使役動詞文には使役主体が

動作主体への感情の変化を起こす具体的な内容が、波線のように「風景や時事の画片を映して」「自陣ゴール前からでも回し」構文に記されている。

B. 使役受益態

(15) 留学生の交流会で考えたこと＝主婦・河東佑子53ボランティアグループ主催の「留学生のためのクリスマスパーティー」に出席した。故国を離れ寂しいだろうと招待したつもりだが、こちらが<u>楽しませてもらった</u>。（毎日9601）

　上の用例(15)での元になる使役動詞文は「留学生がこちらを楽しませた」である。その使役動詞に「もらう」動詞が結合した構文が使役受益態構文「こちらが留学生に楽しませてもらった」である。この使役受益態構文では元になる使役動詞文でガ格の使役主体「留学生」がニ格となり、動作主体「こちら」がガ格となる構造で、元になる使役動詞と使役受益態とは対立する関係にある。

2.1.2 ニ格の動作主体への働きかけ

<ニ格の動作主体への働きかけ構文>

	太郎が	ピアノを	弾く
	動作主体	対象物	働きかけの動作
先生が	太郎に	ピアノを	弾かせる
使役主体	動作主体	対象物	働きかけの行為
先生が	太郎に	ピアノを	弾かせてやる/くれる
使役主体	動作主体(動作主体)	対象物	働きかけの行為
利益主体	利益対象	利益物	利益行為
太郎が	先生に	ピアノを	弾かせてもらう

動作主体	使役主体	対象物	働きかけの行為
利益対象	利益主体	利益物	利益行為

　二格の動作主体への働きかけの使役やりもらい構文を構成する使役動詞の特徴はモノゴトへの働きかけの他動詞から派生した使役動詞であるという点である。本来「太郎がピアノを弾く」のようなモノゴトへの働きかけの他動詞はやりもらい構文に参加すると、授与態では「太郎が花子のためにピアノを弾いてやる／くれる」になり、受益態では「花子が太郎にピアノを弾いてもらう」になって、元になる動詞文になかった利益対象がやりもらい構文に新たに現れる「第三者のやりもらい」構文になる。またモノゴトへの働きかけの他動詞は使役動詞になることによって人への働きかけ性を獲得して参加する方法もある。上の構文図のように「先生が太郎にピアノを弾かせた」のような使役動詞になることによって人への働きかけ性を獲得し、授与態では「先生が太郎にピアノを弾かせてやった／くれた」に、受益態では「太郎が先生にピアノを弾かせてもらった」のような、構文としてやりもらい構文に参加することができるのである。

<「ニ」格の動作主体へのはたらきかけの使役やりもらい構文を成す動詞群>

　① 類：指令や許可による使役やりもらいの使役動詞

　　「持たせる、飲ませる、食べさせる、聞かせる、汲ませる、調べさせる、メモさせる、（メスを）とらせる、引っ張らせる、移動させる、やらせる、作らせる、持たせる、担当させる、やらせる、作らせる、持たせる、移動させる、利用させる」等のモノゴトへの働きかけの他動詞派生の使役動詞群

　② 類：変化の引き起こしの使役やりもらいの使役動詞

　　「思い起こさせる、忘れさせる、思い出させる」等の感情を表すモノゴ

　トへの働きかけの他動詞派生の他動詞群

　二格の動作主体への働きかけの使役やりもらい構文を構成する使役動詞
には上の①類と②類のタイプがある。前掲での佐藤(1986)の吏役文の分類
に従うなら、①類の使役動詞は構文によって使役主体に動作の動機があっ
て動作主体に動作を指図する場合には「指令」の使役文に、動作主体に動
作の動機がある場合には「許可」の使役文になる。また②類の吏役動詞は感
情を表す無意志動詞で、動作主体に感情や思考などを引き起こす使役動
詞である。

2.1.2.1 指令や許可による使役やりもらい

A．指令による利益
＜ⅰ＞ 使役授与態
＜与え手側授与態＞
　(16) それがおもしろくて、石中先生は、暇な時間には、よく庭に下り
　　　　て、足音を忍ばせてはトンボを捕ってまわり、それを後からついて来
　　　　る鶏に<u>食べさせてやった</u>。(石中先生・完)

　上の用例(16)では、「石中先生が鶏にトンボを食べさせる」という「指令」
の使役文に、「～てやる」構文が結合した構文で、使役主体の「石中先生」
が利益主体になり、動作主体である「鶏」が利益対象になっている構文で、
「ヲ」格の「トンボ」は利益物である。

＜受け手側授与態＞
　(17) 正子は喉が渇いていて、それを言うと看護婦は、すぐ吸い飲みを
　　　　使って水を<u>飲ませてくれた</u>。(木瓜の花)

(18) 弟はよくわたしに、お得意のラッパを吹いて<u>聞かせてくれた</u>。

(四千字劇場)

(19) 私は金が必要なとき、兄の会社へもらいにいって、兄はその都度、気やすく金をわたしてくれて、柳川鍋など<u>食べさせてくれた</u>。

(忍ぶ川)

上の用例(17)「看護婦が正子に水を飲ませる」という使役構文に「看護婦が正子に水を飲ませてくれた」と「～てくれる」動詞が結合して出来ている構文である。同じく用例(18)も「弟が私にラッパを聞かせる」という指令の使役文に、「弟が私にラッパを聞かせてくれる」という動作主体「私」側から、「弟」の行為を利益として捉えている構文である。

＜ⅱ＞ 使役受益態

(利益主体(使役主体)が「ニ」格で表される場合)

(20) 元小学校教諭の大江ちさとさんは幼いころを過ごした新潟で、ねえやによく昔話を<u>きかせてもらった</u>。(天声人語85)

上の用例(20)は、「大江ちさとさんが昔話をきく」というモノゴトへの働きかけの構文が、「ねえやが大江ちさとさんに昔話をきかせる」という人への働きかけ構文になり、使役主体である「ガ」格の「ねえや」の動作主体への働きかけが動作主体にとって利益になったと捉えた使役受益態の構文が出来上がる。

＜利益主体(使役主体)が「カラ」格で表される場合＞

(21) 同じ行田市内の国道沿いにある「一福茶屋」が元祖。現在の店主、大沢輝男さん(65)の亡父常八さんが日露戦争に従軍中の中国東北地方で中国人からオカラに混ぜ物をしたまんじゅうを<u>食べさせても</u>

　　　らった。(毎日9612)

　また上の用例(21)は「常八さんがまんじゅうを食べる」という文が、「中国人が常八さんにまんじゅうを食べさせた」という使役文になり、そのような使役文が動作主体にとって利益になったと捉えた構文で、動作主体を「ガ」格に捉えた構文が「常八さんが中国人からまんじゅうを食べさせてもらった」という構文である。ここでは利益主体(使役主体)が「カラ」格によって示されているが、前掲したとおり受益態で利益主体が「カラ」格で示される場合は、利益主体が「でどころ」―物の移動の出発点、あるいは情報の発信地など―としての性格を持ちうる動詞群のときである。

B．許可による利益
　動作の動機が動作主体にある構文は前掲したように、使役主体が動作主体(動作主体)にある行動をすることを「許可」することによって動作主体に利益になった構文である。「許可」による利益の場合は、使役主体が動作主体に対して「許可」のできる立場にある人である。すなわち、使役主体と動作主体の間には待遇的な差が存在するのではないかと思われる。

＜ i ＞ 使役授与態
＜与え手側の使役授与態＞
（22）暑い季節のあいだ、都の諸方から水を求めて多くの人がやってきた。松村は、欲しいだけいくらでも、人に水を汲ませてやった。
　　　　　　　　　　　　　　　　　　　　　　　　　　　(天の川物語)
　用例(22)では「人が水を求めてやってきたという」文が先行の文としてあることから、動作主体「人」が「水を汲む」ことを希望していることが文脈に示されている。そのような動作主体の希望に対して使役主体である「松村」は、その水の所有者であったりして、それを許可できる立場にあるのであろ

う。そのような「許可の使役文」に「やる」動詞が結合して、動作主体に許可することによって動作主体に利益をもたらす構文である。

<受け手側の使役授与態>

(23) それに、井関道場へ来た弥七が、小兵衛から自分へ当てた手紙を佐々木三冬へ、「どうか、ごらんなすって下さいまし」と見せたので、三冬が弥七を特別にあつかい、くわしく渋谷の遺体を<u>しらべさせてくれた</u>。(剣客商売)

(24) 係官は、彼の顔をみると、不審そうな顔をしたが、来意を知ると、参考人供述調書をひらいて、「餅原次郎……本籍・鳥取県……現住所は、新宿区愛住町××番地、愛情アパート二六号室……勤務先は、帝国コンクリート株式会社……」と読み上げて、<u>メモさせてくれた</u>。礼を言って外に出た篤は、近くの交叉点まで歩き、煙草屋の店先で、赤電話に備え付けの電話帳を繰った。(女の警察)

(25) 教授は海軍の軍医少将で、フレッシュマンの城木に、はじめから虫様突起炎はもとより、本来ならもっと古手のやる胃の手術にまで<u>メスをとらせてくれた</u>。(楡家の人びと)

(26) D51やC57、C51が、煙と蒸気を吐きながら駅に入ってくる。機関士は子供を見つけると、よく運転台に抱き上げてくれた。火が燃える釜(かま)を見せ、時には汽笛のひもを<u>引っ張らせてくれた</u>。

(毎日711経)

　用例(23)では「三冬が弥七に渋谷の遺体をしらべさせる」と、許可することによって、動作主体「弥七」に利益になったと、「弥七」の立場で捉えている構文で、用例(24)も「係官」が「彼」に「メモ(を)させる」と許可することによって、動作主体「彼」に利益になったことを表している。また用例(25)と(26)も「教授が城木にメスをとらせる」と許可したこと、「機関士が子供に汽

笛のひもを引っ張らせる」ように許可したことが、それぞれ動作主体「城木」
と「子供」にとって利益になったと、動作主体の立場で語っている構文であ
る。さらに以上でみた許可による受け手側授与態「させてくれた」文におい
て、使役主体と動作主体との関係は、用例(23)で、は構文にははっきりと
出てはいないが、用例(24)では使役主体が「係官」で動作主体「彼」がメモを
することを許可する役職の人であり、用例(25)では「教授」で動作主体「城
木」に許可できる権限のある人であり、用例(26)でも「機関士」で、「汽笛の
ひもを引っ張る」ことの権限を持っている人である。すなわち、許可による
利益の場合には、使役主体はなんらかの権限のある人で、動作主体はその
権限を乞う人のような待遇の面で差のある関係である。

＜ⅱ＞ 使役受益態

(27) 私たちは時に十円も持たずに＜Ｒ＞へ行き、マダムに頼んで店の名前
　　　を書いたプラカードを持たせてもらった。そのプラカードを肩にかつ
　　　いで数時間、中野駅前をうろついて帰って来ると、マダムは何がし
　　　かの労賃を払ってくれるのである。(風に吹かれて)

(28) ある日、修吉はこっそり二合枡を持ち出し、近くの指物大工のとこ
　　　ろへ行き、酒石酸五十瓦入の瓶を口止料にそこの長男の大工見習
　　　を口説き落し、枡の底を七、八粍上方へ移動させてもらった。

　　　　　　　　　　　　　　　　　　　　　　　　　(下駄の上の卵)

　上の用例(27)と(28)では使役主体が「ニ」格で示されている場合である。
用例(27)では「マダムが私にプラカードを持たせた」という使役構文が元にな
る動詞文で、その行為は動作主体の「私」が使役主体に「頼んで」、それを使
役主体が「許可」することによって、動作主体である「私」が利益を得たとい
う構文である。また用例(28)も「修吉が枡を移動する」ことを、使役主体の
「長男の大工見習い」が許可したことを表す使役文で、その許可によって動

作主体の利益になったことを表している。上の用例(27)と(28)も、使役主体と動作主体の関係は、使役主体が動作主体に対して許可できる立場にある。

(29) 三年前の初秋の頃、私は何か、やみくもに労働したい、額に汗したいと思い、そこへ行って葡萄切りの仕事を<u>やらせてもらった</u>。作業のあと、葡萄園で飲んだ葡萄酒のうまさを忘れることができない。

(酒呑みの)

(30) いろいろな職業がある。見聞きしていると小谷先生は自分でやってみたくなるときがある。<u>パン屋で</u>パンを<u>つくらせてもらった</u>。(兎114)

　上の用例(29)も動作主体「私が葡萄切りの仕事をやる」ことを希望して、それに対して「葡萄園(の人)」が許可したことを表す文で、用例(30)も動作主体「小谷先生がパンを作る」ことを「パン屋」が許可したことを表す文である。上の用例(29)も(30)も、使役主体が動作主体(動作主体)の行動に対して承認することが動作主体にとって利益になったことを表す文であるが、異なるところは使役主体が「デ」格で示されているところである。使役主体が「デ」格で示される場合は、上の用例に見られるように、「パン屋」または「葡萄園」のように、動作主体が働く場所でもあり、商売の店などで人間のような扱いの出来る場合である。

2.1.2.2 変化の引き起こしによる利益

　「思い起こさせる、忘れさせる、思い出させる」などのような感情や思考活動を表す使役動詞群は使役主体が動作主体にそのような感情や思考を命令などでさせることはできない。そのためそのような動詞群において使役主体は働きかける主体というより、動作主体にそのような感情や思考など

を抱かせる原因的な存在である。

(31) 雄吉の案内で山手の丘に登って画家が写生をするのに伴子は一緒に
歩いた。俊樹といた時の不快な記憶を、このふたりは<u>忘れさせてく
れた</u>。道は、根岸の競馬場を左に見て、海とは叉対の方角に、丘づ
たいに通っていた。(大仏・帰郷)

(32) 大阪工大高は積極果敢なプレーで、ラグビーの魅力を我々に<u>思い出
させてくれた</u>。(毎日9601)

　用例(31)では「伴子が不快な記憶を忘れる」というモノゴトへの働きかけ
の構文に、「二人が伴子に不快な記憶を忘れさせる」という使役構文に、
「二人が伴子に不快な記憶を忘れさせてくれた」のように、動作主体(利益
対象)側から述べる使役授与態構文になっている。

2.2 持ち主の使役やりもらい

　持ち主の使役やりもらい構文は下の作例にみられるように「太郎の帽子」
あるいは「太郎の口に」のように、働きかけを受ける部分である「ヲ」格および
「ニ」格が使役主体「ガ」格の一部分である。すなわち、「ガ」格の動作主体と
「ヲ」格および「ニ」格が「ノ」格によって関係付けられている。

2.2.1 ヲ格の持ち物への働きかけ

<「ヲ」格の持ち物への働きかけの使役やりもらい構文の構造>

	太郎が	帽子を	脱ぐ
	動作主体	対象物	働きかけの動作
母が	太郎の	帽子を	脱がせる

使役主体	動作主体	対象物	働きかけの動作
母が	**太郎の**	**帽子を**	**脱がせてやる/くれる**
使役主体	動作主体	対象物	働きかけの動作
利益主体	利益対象	利益物	利益行為
太郎が	**母に**	**帽子を**	**脱がせてもらう**
動作主体	使役主体	対象物	働きかけの動作
利益対象	利益主体	利益物	利益行為

<「ヲ」格の持ち物への働きかけの使役やりもらい構文を成す動詞群>

① 自動詞派生の使役動詞：「湿らせる」のような自動詞派生の使役動詞

② モノゴトへの働きかけの他動詞(その中でも再帰動詞)派生の使役動詞「脱がせる、満足させる、着替えさせる、履かせる」や「入れさせる、置かせる、移させる」等のモノゴトへの働きかけの他動詞派生の使役動詞群。

2.1.1.1 使役授与態

A.与え手側の使役授与態

(33) 「泉ちゃんも、繁ちゃんも、大きくなりましたね」輝子は先ずそれを言って、浦潮仕込の旅の服を着た自分の子供を離座敷の片隅に立たせ、年少の女の児の冠っていた赤い帽子なぞを脱がせてやった。

(新生)

(34) 私はまじめに、「それでは、やはり、公卿の出かも知れない。」と言って、彼の虚栄心を満足させてやった。(親友交歓)

上の用例(33)は使役主体「輝子」が「ヲ」格の動作主体「年少の女の児」の持ち物である「帽子」を「脱がせる」という使役行為が、動作主体に利益に

なっただろうと使役主体の立場から語っているのである。用例(34)では「私が彼の虚栄心を満足させる」という持ち主「彼」の「虚栄心」という内面へ「満足させる」という構文で、持ち主である「彼」と働きかけを受けるヲ格である「虚栄心」は「彼」の一部分で、切り離せない関係にある。

B．受け手側の使役授与態

(35) クローゼットを通り抜けて最初の部屋に入ると、娘が私のゴーグルをとり、雨合羽を脱がせてくれた。私は長靴を脱ぎ、懐中電灯をそのへんに置いた。(世界の終りと)

(36) 松吉は手ぬぐいを取って岩見の額の汗をぬぐった。そして新しい寝衣を持って来て着替えさせてくれた。(蒲団)

　用例(35)では「娘が私の雨合羽を脱がせる」という使役文に、授与態の「くれる」動詞がかぶさった構文で、「脱がせる」という働きかけを受ける「雨合羽」は「ノ」格の「私」の所有物で、「私」と「雨合羽」は、所有関係をなしている。そのため、その所有物への働きかけによってその持ち主である「私」が利益を受けるという構造になっている。また用例(36)は「松吉が岩見の寝衣を着替えさせる」という使役行為に対して、受け手の「岩見」が利益になったと捉えている構文である。ここでの動作主体「岩見」と「寝衣」との関係は、「岩見」の一時的な使用物として広い範囲でも持ち物に入れられるであろう。

2.1.1.2 使役受益態

A．指令による利益

(37) ところが、ある日のこと、男は、どうしても町へ出かけなくてはならない用事ができた。「ああ、めんどうくさい、めんどうくさい。」

　　　と、言いながら、おかみさんに着物を着せてもらい、ぞうりをはかせ
　　　てもらった。(漫談)

　上の用例(37)では「おかみさんが男にぞうりをはかせる」という使役文に、
その使役文を動作主体を「ガ」格にして動作主体の立場で語るのが、「男が
ぞうりをはかせてもらった」という使役受益態の文になっている。

B．許可による利益
(38) 直木さんのみるところ、この歌は『源氏物語』夕顔の巻を下敷きにし
　　　たもの。光源氏が牛車に乗って乳母の家を訪ねたが、あいにく留守
　　　中で、隣家に車を入れさせてもらった。そこに身を寄せていたのが、
　　　薄幸の美女・夕顔(光源氏の友・頭の中将の昔の愛人)(毎日9610)
(39) 私たちがそれまでいた窓際の席に、五人も坐るのは無理だったの
　　　で、席を別のテーブルに移させてもらった。ウエーターのひとりが、
　　　素早く子供用の背の高い椅子を持ってきてくれた。(一瞬の夏)

　上の用例(38)では「光源氏が隣家に車を入れる」ことを隣家の許可によっ
て成立しているときに「隣家が光源氏に車を入れさせる」という許可の使役
文が出来上がる。そして、その働きかけの文を動作主体の立場から、また
動作主体に利益になったときに「光源氏が隣家に車を入れさせてもらった」
という使役受益態の文が出来るのであるが、その「入れさせる」働きかけの
対象物「車」は、「光源氏」の持ち物である関係にある。また用例(39)では
「ヲ」格の対象物「席」、「(店の人)が」「私たち」に「席を別のテーブルに移る」
ことを許可した使役文で、「(店の人)が私たちの席を別の別のテーブルに移
させる」というふうになる。そのような使役文が元になって、使役受益態文
「私たちが(店の人)に席を別のテーブルに移させてもらった」という構文が出

来ているのである。ここで使役主体「(店の人)は「席を移らせた」ので、働き
かけは「席」に対してであるが、その「席」とは動作主体「私たち」が一時的に
使用しているもので、所有物ではないにしても一時的な使用権のあるの
で、広い意味での持ち物の中に入られると思われる。

2.2.2 ニ格の持ち物へ働きかけ

「ニ」格の持ち物への働きかけ構文は、使役主体が動作主体の持ち物「ニ」
格へ働きかける場合で、その「ニ」格と動作主体との関係は、動作主体の身
体か所有物あるいは一時的な使用物などで、動作主体と「ニ」格のものは
「ノ」格によって結ばれるような関係にある。

<「ニ」格の持ち物への働きかけの使役やりもらい構文の構造>

	子供が		帽子を	かぶる
	動作主体		対象物	動作
母が	子供の	頭に	帽子を	かぶらせた
	動作主体		対象物	動作
使役主体	動作主体	動作主体部分	対象物	働きかけの動作
母が	子供の	頭に	帽子を	かぶらせてやった/くれた
使役主体	動作主体	動作主体部分	対象物	働きかけの動作
利益主体	利益対象	利益対象の部分	利益物	利益行為
子供が	頭に	母に/から	帽子を	かぶらせてもらった
動作主体	動作主体の部分	使役主体	対象物	働きかけの動作
利益対象	利益対象の部分	利益主体	利益物	利益行為

<「ニ」格の持ち物への働きかけの使役やりもらい構文を成す動詞群>

モノゴトへの働きかけの他動詞(その中でも再帰動詞)派生の使役動詞「く
わえさせる、かぶらせる、握らせる」等の動詞。

2.2.2.1 持ち主の使役授与態

(40) 準はまつに晩ごはんの食べ物をつづけてくれるようにとすすめ、あて
　　がわれた丸椅子に腰をおろして、彼は煙草をとり出して一本つけて
　　横になっているお爺いの口に<u>くわえさせてやった</u>。(矢の津峠)
(41) 高校生がズボンのポケットから素早く手帳をとり出して、男の子の
　　手に<u>握らせてやった</u>。(いつか汽笛を)

　用例(40)と(41)でも、働きかけを受ける「ニ」格、「口」と「手」は動作主体
の身体の一部分で、その一部分への働きかけはその持ち主である「お爺い」
と「男の子」に働きかけることになり、それが動作主体に利益になるだろう
と、使役主体が思っての行動であるという構文である。

2.3 使役やりもらい構造からの解放

2.3.1 評価の使役やりもらい

　評価の使役やりもらい構文は、使役主体から動作主体への働きかけ構文
全体に対して、構文の内部構造に存在していない話し手あるいは語り手に
とってプラスになったと評価をしている構文である。すなわち、後節の原因
のやりもらい構文と異なる点は動作主体が利益対象ではなく、利益対象は
構文の外側にある話し手あるいは語り手である。その話し手が使役行為に
対して、それが話し手にとって好ましいこととして評価しているのである。
その評価対象とは、以下に見られるように相手の動作に対する場合と自然
物に対して、またある出来事に対しての評価などがある。

朝顔が	咲いた	
動作主体	動作	

朝顔が	花を	咲かせた
使役主体	対象物	働きかけの行為

朝顔が	花を	咲かせてくれた
〔使役主体	対象物	働きかけの行為〕－＞評価対象 評価主体(話し手)

2.3.1.1　相手の動作に対する評価

(42)「死んだ日、ジョアンと私は二人で一緒に家に帰り、母親の死について息子に説明しようとした。彼はマミィにさよならを言いたかったのに、と怒ったが、ジョアンが彼の傍に座って上手に話して聞かせてくれた。本当に助かった。」(癌からの出発)

(43) 二人の息子はまだ小さかったので、朝六時前に起きてしまう。妻は午前一時・二時まで原稿書きをした私を少しでも寝ませようと、午前八時頃まで子供たちを外に連れ出して、遊ばせてくれた。

(毎日710社)

(44) 梅子は自分で薬局へ行って電話をかけて恭平に用事が出来たからなるべく早く帰ってくれと伝えた。野呂家を騒がせることをはばかって事実は言わなかった。薬局では戸をしめかかっていたが、老主人も出て来て何処かの交番に保護されているかもしれないからと言って律三君を警察に走らせてくれた。(女中ッ子)

　上の用例(42)では使役主体「ジョアン」が動作主体「息子」に「話を聞かせる」という使役行為に対して、話し手である「私」が自分にとって利益になったと評価している構文である。用例(43)は「妻が子供たちを外へ連れ出して遊ばせた」という使役文に対して、語り手の私が自分に利益になったと

捉えている構文で、用例(44)は「老主人が律三君を警察に走らせた」こと
が、語り手の「梅子」にとって利益になったと捉えている構文である。

2.3.1.2 自然物に対する評価

(45) 朝夕の風がひんやり肌に浸みて季節はまぎれもない秋だというのに、
私の花壇には夏の名残りの朝顔が、なんと、今を盛りとばかりに咲
き誇っている。色は一色、究極の紫。一つ二つ三つ……、今朝は全
部で十五も花開いている。今年は花壇だけでなく、私の書斎の窓の
鉄の桟にも伝って咲くように植えてみたところ、雑草しか生えてい
なかった土壌にしっかと根をおろし、桟のてっぺんまで伸びて花を<u>咲
かせてくれた</u>。(癌からの出発)

　用例(45)も「朝顔が花を咲かせた」ことに対して、語り手の「私」が有難
いこととして評価している構文である。

2.3.1.3 出来事に対する評価

(46) 一生忘れられない試合。我慢してよく投げた寺谷に報いてやりたい。
そんなみんなの<u>気持ちが</u>稲垣の打球を<u>フェンス越えさせてくれた</u>。早
稲田実・和泉実監督。(毎日9608)

　上の用例(46)では「稲垣の打球がフェンス越えをした」という出来事に対
して、「くれる」動詞をつけることによって、語り手である「監督」にとって利
益になったと、使役文全体に対して評価の「～くれる」構文が被さって出来
ている構文である。

2.3.2 原因の使役やりもらい

<原因の使役やりもらい構文の構造>

	彼が	いい気分になった
	動作主体(感情主)	動作
ビールが	彼を	いい気分にさせた
	動作主体	動作
使役主体	動作主体	使役行為
ビールが	彼に	いい気分にさせて*やった/くれた
使役主体	動作主体(動作主体)	働きかけの動作
利益主体	利益対象	利益行為
*彼が	ビールに	いい気分にさせてもらった
動作主体	使役主体(動作主体)	働きかけの動作
利益対象	利益主体	利益行為

(*印は非文である)

　原因の使役やりもらいは、使役主体が人間ではなく、非情物(物や事柄)である。使役主体が人間ではない場合、その使役主体に動作主体に対して働きかけることは出来ないので、動作主体にある感情などを引き起こす原因的な存在である。原因の使役やりもらいも、利益主体側の使役授与態「～させてやった」構文は存在せず、受け手側からの使役授与態「させてくれた」構文しか存在していない。またその受け手側の使役授与態「～(さ)せてくれた」は使役受益態「～(さ)せてもらった」構文との対応関係を成していない。

<原因の使役やりもらい構文を成す使役動詞群>

　「気分にさせる、考えさせる、感じさせる、気付かせる、奮い立たせる、悟らせる、和ませる、買わせる、忍ばせる、分からせる、再認識させる」等

の使役動詞群が原因の使役やりもらい構文を成す動詞群であるが、原因の使役やりもらい構文には、意味的には主に感情や思考活動を表す自動詞やモノゴトへの働きかけの他動詞派生の使役動詞群である6)。

2.3.2.1 利益主体が「物」である場合

A．評価主体が「ヲ」格である場合

(47) 治夫はそんな人間たちを見捨てるようにして立ち上がった。今日に残された、これからの時間が、自分にとってはそう悪いものではないような予感があった。<u>一本のビールが</u>、今は、彼をそんな気分に<u>させてくれた</u>。(化石の森)

　上の用例(47)では元になる文は「一本のビールが彼にそんな気分にさせる」という使役文で、使役主体が物名詞である。物名詞である「ビール」が使役主体の場合は、その使役主体は動作主体に働きかけることはできないので、動作主体「彼」にそのような感情を引き起こした原因的な要素であろう。

B．評価主体が「ニ」格である場合

(48) 「感性の目」で世界をとらえた<u>これらの作品は</u>、私に新鮮な感動と驚きをもたらした。そして「ものを見る」とは何かをも改めて<u>考えさせてくれた</u>。(毎日9612)

(49) 私は二〇〇ミリのレンズを付けたカメラをそのトナカイに向けた。こ

---

6) 高橋(1988)では次のように原因の使役について述べている。
　「原因の使役のばあいは、指示者が動作主体に指示するのではないので、主語はヒトでなくてもよいし、また、動作も意志的な動作でなくてもよい。原因の使役は、人間の感情をひきおこすものが多いのだが、モノに対して結果をひきおこさせるばあいもある。」

このトナカイはヨーロッパ大陸や北米のものに比べればいくらか小型である。それでも、がっちりした体に厚い毛皮をまとった<u>その姿は</u>、厳寒の地に営まれる生命の迫力を十分に<u>感じさせてくれた</u>。

(毎日612総)

(50) <u>この映画は</u>私たち健聴者が日ごろ、何げなく見過ごしている難聴者の人たちの不便、いらいらを改めて<u>気付かせてくれた</u>。(窓・9006)

2.3.2.2 利益主体が「事柄」である場合

A．評価主体がヲ格の場合

(51) そんなことよりも、<u>母のうれしそうな表情が</u>、<u>私たちを和ませてくれた</u>。(毎日9611)

(52) だが、心にひっかかっていた借りを一つずつ切り崩して返していく<u>爽快感が</u>いつもあって、<u>私を奮い立たせてくれた</u>。(癌からの出発)

　上の用例(51)と(52)も、「母のうれしい表情が私たちを和ませた」こと、「爽快感が私を奮い立たせる」という原因の使役文に対して、動作主体であり、語り手である「私たち」と「私」が利益になったと捉えている構文である。

B．評価主体がニ格の場合

(53) なるほど一昨日からの<u>習志野の教練は</u>、体力のない<u>周二にとって</u>一面では苦難の連続であった。わずか半日の行軍にしろ、銃の重さを——中学に入学当時あれほど持ってみたいと思っていた三八式歩兵銃の重量をつくづくと<u>さとらせてくれた</u>。(楡家の人びと)

(54) <u>購買制度は</u>彼らに日常品を安く<u>買わせてくれた</u>。共済組合は彼らに恩恵のように思われた。(汽車の缶焚き)

(55) これらの貴重な情報をどう使うかは読者しだい。私はこれらを十分消

化して自分の知的生活を高めていきたい。<u>テレビの故障が</u>、新聞の
価値を<u>再認識させてくれた</u>。(毎日9601)

(56) お前がなかったら、規則正しい闘病生活と孤独に徹した忍従生活に
堪えられなかったかも知れぬ。お前と宮村の幸福のためには、私のよ
うなものでも必要であるという<u>意識が</u>、この冬の生活を<u>しのばせてく</u>
<u>れた</u>。(巴里に死す)

　上の用例(53)では「習志野の教練が周二に三八式歩兵銃の重量をさとらせ
た」という原因の使役文が元の文で、また用例(54)も「購買制度によって、
彼らが日常品を安く買えた」ということを、原因の使役構文に「～てくれる」
構文が被さることによって、その「ガ」格の使役主体が原因となって、動作
主体「彼らに」とって利益になったことを表している。

2.3.3　述べ立て文の使役受益態文化

　使役受益態構文の中には使役主体も動作主体も存在しないが、使役形
「(さ)せる」に受益態「もらう」動詞がくっ付いて出来ている構文がある。使
役主体も動作主体も存在していないので、受益態「もらう」動詞を除いて使
役態に戻すことのできない構文である。この構文は使役態に受益態がかぶ
さって出来ている構文ではなく、「させてもらう」でひとかたまりを成してお
り、「させてもらう」だけに存在する構文である。すなわち、使役主体も動作
主体も構文に存在しない述べ立ての構文を使役受益態にすることによっ
て、話し手が自分勝手に或る行動をしているのではなく相手に許可を得て
行動をしているかのようなポーズをとったり、あるいは相手のお陰で自分が
ある行動がすることができたということを表したり、あるいは自分の行動に
対しての謙遜などの効果を得るために用いている構文なのである。7)

---

7) このような文について菊地(1997)には次のように言及している。
　「たがまた、日本語には、＜実際には必ずしもそうではなくても、相手から恩恵

＜述べ立て文の使役受益態化構文の構造＞

	私が	予約を	取り消した
	動作主体	対象物	動作
＊？が	私に	予約を	取り消させてやった/くれる
使役主体	動作主体	対象物	働きかけの行為
利益主体	利益対象	利益物	利益行為
私が	？に	予約を	取り消させてもらった
動作主体	？使役主体	対象物	働きかけの行為
利益対象	？利益主体	利益物	利益行為

（※上の構文図で「？」は存在しない人物のことを意味する。）

　上の構文図にも見られるように、使役主体がいないのに使役構文に仕立てて、動作主体が自分自身の行動に対して、使役主体の指令あるいは許可を得てやるかのように形にしているのがこの構文の特徴である。動作主体が相手の許可を得ての行動であるかのようなポーズをとることによって、読み手や聞き手に対して、自分の行動に対して、謙遜したようなあるいは相手のお陰で自分の行動があり得たのような効果を狙っている構文であると思われる。以下では便宜上、「自分の行動が相手の許可を得てやるかのようなポーズをとる場合」と、そして「自分の行動に対しての謙遜の場合」、また「相手のお陰であるという効果を狙った場合」というふうに三分類したが、その三つははっきりと分けることのできるような文ではなく、その三つの要素が入り混じっていると思われる。

2.3.3.1　相手の許可を得ての行動であるかのようなポーズをとる場合

（57）後になって、カールが見せてくれたある少年向け科学誌に、現代ア

────────────

　を得ているかのように捉えるほうが礼にかなう＞という発想がある。」

メリカを代表する科学者が各分野から一人ずつ選ばれ紹介されていたが、数学界からは彼が選ばれており、説明には彼が水爆の生みの親であると記されてあった。私に対しては親切にしてくれたが、この記事を読んでからは彼の所で行なわれたパーティへの招待を<u>辞退させてもらった</u>。(若き数学者の)

(58) 橋本氏は二十二日午前九時二十分すぎ、自宅マンション前で記者団に「できる限りの努力をしたつもりだし、一生懸命、<u>主張をさせてもらった</u>。これから結果を待つだけだ」と語った。(毎日709一)

(59) そんな中、宮沢喜一首相は、突然、銀座の洋服店へ出掛け、スーツを仕立てた。側近は「忙しくて服を自分で買いに行く暇もなかったが、やっと時間も取れたので」と説明。首相も「しばらく行っていなかったもんだからね」。1年9カ月「思い通りに<u>やらせてもらった</u>」という首相は今、洋服を自分で買えるぐらいの、"普通の人"に戻った。

(毎日9308)

(60) こうした一年半の塾生活で、小物の作品を自らデザインして作れるようになった松尾さんは、六日まで東京で開かれた卒業展に小型キャビネットを特別に<u>出品させてもらった</u>。(毎日604社)

(61) 加藤長官は、未公開株譲渡による利益について「政治資金として<u>使わせてもらった</u>」としたうえで、(毎日9111)

(62) 七日の連合大会に初めて首相として出席した細川護煕首相は「ぜひこれは、従来より少しでも早くということで<u>決めさせてもらった</u>」と強調した。(毎日9310)

上の用例(57)では、「私が彼の招待を辞退した」という述べ立て文に対して、「私が彼の招待を辞退させてもらった」に、用例(58)では「橋本氏自身が主張した」という述べ立て文を、「主張させてもらった」というふうに、使役

受益態化することによって、相手の許可を得てするかのような構文である。

2.3.3.2 話し手の行動に対しての謙遜の場合

(63) 今春採用予定だった二十八人の学生全員の不採用を決めた同ホテル総務部は「断腸の思いで取り消させてもらった。」(毎日702社)

(64) 松本住職は「遺族の方がどんなにお心落としかと思い、せめてもの気持ちとして(金額を)提示させてもらった」と話している。(毎日604社)

(65) 坂本大祐・神戸市市民局次長は「阪神大震災では全国の人に大変お世話になったので、恩返しのつもりで物資を運ばせてもらった」と話す。(毎日9701)

(66) 日本については、ミックが「前回は仏像を見に行ったが、今度は酒を飲みに行きたいものだ」とか「福岡公演の移動で持参のカラオケセットで遊ぶ」(ロン)など、サービス満点の回答。ただ、阪神大震災に関しては「ロス地震の時も数人の仲間が被害に遭ったし、とても悲しいことだ。今回も寄付をさせてもらった」と神妙な表情を見せた。

(毎日703芸)

　上の用例(63)では、「ホテルが学生全員の採用を取り消した」という述べ立ての文を、それぞれの文を述べ立ての文にすると、生意気な感じを相手に与えるかも知れないので、使役受益態にすることによってそのような感じを和らげるような文である。また用例(64)～(66)では「(松本住職が)金額を提示した」、「神戸市市民局次長が物資を運んだ」、「ミックが寄付をした」という話し手が相手に何かの好意や善意を施すことを表す構文を相手に恩をきせるような感じになるかもしれないので、使役受益態にすることによって、そのような感じを和らげるような配慮が働いている文ではないかと思われる。

2.3.3.3 相手の恩を被って動作主体の行動があり得た場合

(67) 「つたや」先代主人で晴嵐亭亭主の鳥谷晋一郎さん(68)が「<u>先生たち</u>
<u>との出会いを得て</u>、商いの世界だけでなく、芳香な人生を<u>歩ませて</u>
<u>もらった</u>」と展覧会を計画。期間中は客室10室と廊下をギャラリー
にして公開する。(毎日9705)

(68) 「欠かさず参上させてもらっているが、重い仕事(首相)を預かってあ
いさつすることになろうとは思っていなかった。政治家になって40年。
<u>先輩、同僚のみなさんの変わらない支援のおかげでここに立たせて</u>
<u>もらった</u>。」(毎日9201)

(69) ヤクルト・野村監督　最後のヤマをよくスンナリ越えてくれた。長い
ことやっているが、こんな展開は初めて。四コーナーを回ってからの
9連敗は何だったんだろう。<u>選手に助けられて良い思いをさせてもらっ</u>
<u>た</u>。こんな幸せでいいんだろうか。今夜は無礼講です。

(毎日9210)

(70) オリックス・高橋智　去年果たせなかった神戸で胴上げをするためだ
けにやってきた。ホームランは<u>お客さんに乗せられて打たせてもらっ</u>
<u>た</u>。」(毎日9609)

　上の用例(67)～(70)も前節の用例と同じく、使役主体は存在していない
構文である。本当の意味での使役主体は存在していないが、話し手(＝動
作主体)はに助けられて」と、「お客さんに乗せられて」という使役主体では
ないが、文の中に示されている相手のお陰で、話し手の行動がありえたとい
うことを表すために、使役受益構文にしている文である。そのため、これら
の文も、使役受益態ではなく、述べ立て構文に置き換えることができる。

3. 使役やりもらいのヴォイス性

3.1 直接の使役やりもらいのヴォイス性

<ヲ格の使役受け手への働きかけ構文>

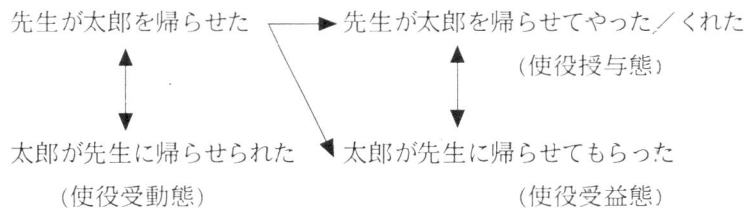

<二格の動作主体への働きかけ構文>

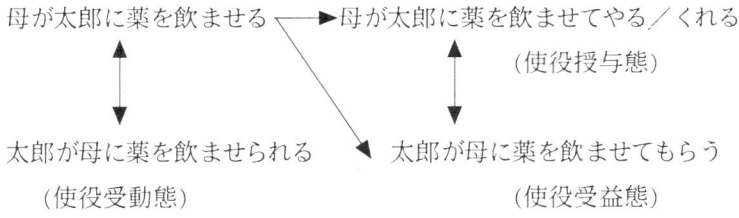

　「ヲ」格の対象や「ニ」格の相手対象への働きかけの直接の使役やりもらい構文は、「先生が太郎を帰らせた」「母が太郎に薬を飲ませた」のような使役文を元の文にして出来ている構文で、使役主体が利益主体になり、その利益主体を主語にした構文は「先生が太郎を帰らせてやった／くれた」「母が太郎に薬を飲ませてやった／くれた」のような使役授与態構文になる。そして動作主体が利益対象になり、その利益対象を主語にして捉えた場合には「太郎が先生に帰らせてもらった」のような構文になる。その使役授与態と使役受益態との関係は格が交替するヴォイスの関係を成している。さら

に、使役受益態 「太郎が先生に帰らせてもらった」「太郎が母に薬を飲ませ
てもらった」と、使役受動態「太郎が先生に帰らせられた」「太郎が母に薬を
飲ませられた」を比較した場合、使役受益態は明らかに利益対象である「太
郎」にとって利益になったことを表しているが、使役受動態では受け手「太
郎」にとって有難くないというニュアンスが付きまとっている。使役受益態
と使役受動態は利益をめぐって、プラスの利益とマイナスの利益という面
で対立的である。

3.2 持ち主の使役やりもらいのヴォイス性

＜ヲ格の持ち物への働きかけの構文＞

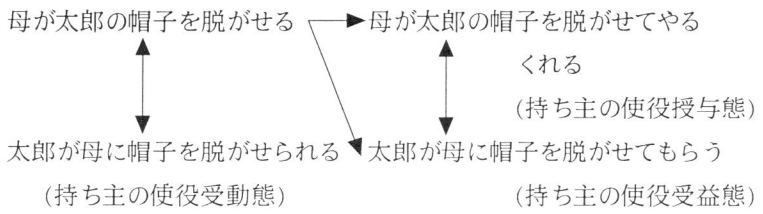

＜二格の持ち物への働きかけの構文＞

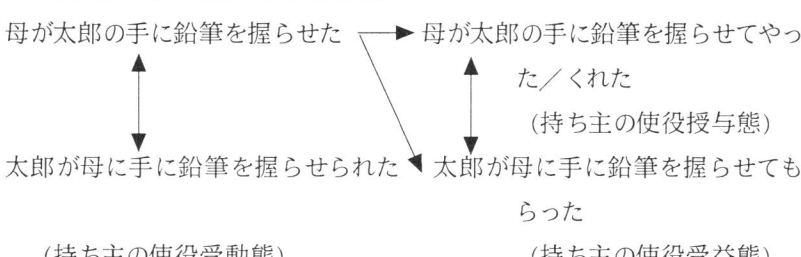

　ノ格の動作主体のヲ格やニ格の部分への働きかけの「持ち主の使役やりもらい」構文は、「母が太郎の帽子を脱がせる」と「母が太郎の手に鉛筆を握らせる」のような使役文を元の文にして出来ている構文で、その使役文の構造にかぶさる形でできているそして動作主体をガ格にすると「太郎が母に帽子をぬがせてもらった」と「太郎が母に手に鉛筆を握らせてもらった」のような構文になる。使役受益態構文は元になる使役動詞文および使役授与態との間で、使役主体がガ格からニ格となり、動作主体がノ格からガ格となる対立の構造にある。

　さらに、使役受益態「太郎が母に帽子を脱がせてもらった」および「太郎が母に手に鉛筆を握らせてもらった」と、使役受動態「太郎が母に帽子を脱がせられた」および「太郎が母に手に鉛筆を握らせられた」との関係は構文の構造を同じくしている。しかし、使役受益態は明らかに利益対象である「太郎」にとって利益になったことを表しているが、使役受動態では受け手「太郎」にとって有難くないというニュアンスが付きまとっている。

3.3 使役やりもらい文の構造から開放された構文のヴォイス性

<評価の使役やりもらい>

朝顔が花を咲いた　　　→　朝顔が花を咲かせた

　　　　　　　　　　　　　朝顔が花を咲かせて*やった/くれた

　　　　　　　　　　　　*花が朝顔を咲かせてもらった

<原因の使役やりもらい>

彼がいい気分になった　→　ビールが彼にいい気分させた

　　　　　　　　　　　　　ビールが彼をいい気分にさせて*やった/くれた

　　　　　　　　　　　　*彼がビールにいい気分にさせてもらった

<述べ立て文の使役受益態化>
私が予約を取り消した → ？が私に予約を取り消させた
　　　　　　　　　　　私が予約を取り消させてもらった

　使役やりもらい構文の構造から開放された構文、「評価の使役やりもらい」「原因の使役やりもらい」「述べ立て文の使役受益態」構文は、話し手がある出来事に対して評価したり、非情物から利益を得たと捉えたり、動作主体の行動に対して許可を得たかのようなポーズと取るだけの構文であるので、構文の中に動作主体に動作を指図できる使役主体は存在していない。そのため、これらの構文は元になる文と対立する構造ではない。当然使役態および受動態とのヴォイス性を持っていない。

第七章
韓国語のやりもらい

1. はじめに

<物の授受>

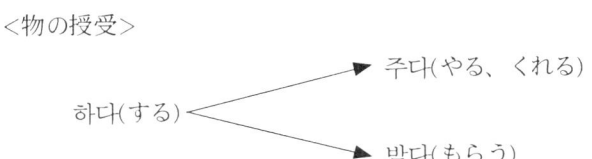

　韓国語のやりもらい動詞は物の授受においては上の図に示されているように利益主体を主語にした場合には「주다」動詞が用いられ、利益対象が主語の場合には「받다」動詞が用いられる。

<行為のやりもらい>

　しかし行為のやり取りにおいては受益態「～받다」構文は文法的な形式としてはほとんど存在しておらず、行為のやりもらいを表す文法的な形式は授与態の「～해주다」で表すしかない。韓国語のやりもらい動詞には日本語のやりもらい動詞が持っている視点性、人称性に対して、金(1983)によって、韓国語のやりもらい動詞「주다／받다」は、人称構文上の制約がないことから韓国語のやりもらいには「話し手の立つ側」あるいは「話し手の関与」

が関わっていないことを明らかになっている。さらに、奥津(1979)では、「～
てやる」動詞は身内の人から身内の人ではない方への利益行為を表すのに対
し、「～てくれる」動詞は身内ではない方から身内の方への利益行為が成さ
れた場合で、日本語の授与態の動詞には「身内性」という要素が関わってい
るのに対し、韓国語の授与態動詞「～주다」には「身内性」が関わっていない
ことを指摘している。すなわち金(1983)と奥津(1979)によって、韓国語の
「～해주다」動詞には視点性と人称性がないため、授与態の動詞は「～해주
다」動詞一種類しかないことが明らかにされている。それでは韓国語のやり
もらいは構文的にはどのような特徴があるかを以下で考察することにする。

2. 韓国語のやりもらいの構造

　本稿ではすでに言及したように「物のやりもらい」においては韓国語も授
与態「주다」動詞と受益態「받다」動詞が存在しているが、「行為のやりもら
い」においては受益態「～해받다」構文が文法的に存在しておらず、文法的
な形態は授与態「～해주다」しか存在していないので、以下でやりもらいと
名付けず「授与態」と名付けて考察することにする。
　まず、利益主体から利益対象へ直接的な働きかけの行為の場合を「直接
の授与態」に、利益主体から利益対象の持ち物へ働きかけがある場合を「持
ち主の授与態」、利益主体から利益対象への働きかけはないものの、利益
対象の利益のために或る行為をしたことを表す場合を「第三者の授与態」
に、利益主体が存在しないのに話し手がある出来事に対して評価している
構文は「評価の授与態」に分けて考察することにする。

2.1 授与態「〜주다」構文の構造

2.1.1 直接の授与態

　ガ格の動作主体からヲ格の動作対象への働きかけの他動詞構文がやりもらい構文になると、その働きかけを受ける動作対象ヲ格やニ格が利益を受ける利益対象になる構文が直接の授与態である。そのために構文的な面では、直接の授与態は「ヲ格(을/를)」の対象への利益行為と、「ニ(에게/한테)」格の相手対象への利益行為の二つタイプに分けることができる。

2.1.1.1 ヲ格の動作対象への働きかけ

　ヲ格の動作対象への働きかけによって、そのヲ格の動作対象が利益を得る人物になる構文である。「ヲ」格の対象への働きかけを表す動詞群には、「칭찬하다ほめる、껴안다抱く」のように常に人への働きかけを表す動詞と、「(宣伝する)」「(守る)」のように人への働きかけと物へのはたらきかけの動詞がある。

　① 類「칭찬하다(ほめる)、껴안다(抱く)、사랑하다(愛する)、부르다(呼ぶ)、깨우다(起こす)잘 대하다(よくする)、귀여워하다(可愛がる)、구하다(もとめる)、이끌다(誘う)、거들다(手伝う)、초대하다(招待する)、데리고가다(連れていく)、대접하다(もてなしする)、채용하다(採用する)、뒷받침하다(裏付ける)、사랑하다(愛する)、부르다(呼ぶ)」、等の韓国語の動詞が「을/를(ヲ)」格の人への働きかけを表す動詞群である。

　② 類「선전하다(宣伝する)、보내다(送る)、옮기다(移す)、지키다(守る)、풀다(解く)、빼내다(抜く)、인정하다(認める)、아끼다(大事にする)、뒷받침하다(裏付ける)」等の動詞群は「ヲ」格に人名詞と物名詞両方取りえる動詞群である。

A．心理的な状態変化による利益

(1) 他のひとり、耳にまきたばこをはさんだ男も、こう良平を<u>ほめてくれ</u>
<u>た</u>。(トロッコ12)

또 한사람 귀에 궐련을 꽂은 남자도 이렇게 료헤이를 <u>칭찬해 주었다</u>.

(2) あの人はどんなに私を<u>可愛がって呉れた</u>か知りませんでした。

(セメント90)

그 사람은 얼마나 저를 <u>귀여워해 주었는지</u> 모릅니다.

(3) 麻生は、響子の両親に挨拶をした。お茶を飲んでいらっしゃい、と
言われたが、響子が「でも、今日は先に外へ出る予定だから、帰りに
寄るわ、お母さん」と<u>救い出してくれた</u>。(砂丘16)

아소는 쿄코의 부모에게 인사를 했다. 차를 들고 가라고 했으나 쿄
코가 하지만 오늘은 먼저 밖으로 나갈 예정이니까 돌아올 때 들를
게요, 엄마하고 <u>구해내 주었다</u>.

(4) "문제는 나였어. 난 그를 용서했다고 믿었어. 그는 나를 정말로 <u>사</u>
<u>랑해 주었으니까</u>……" (무소115)

問題は私だったの。私は彼を許した思ったの。彼は私を本当に愛し
てくれたから・・・・

(5) 「でも、これが奉公かしらと思うことがあるくらい、うちの人はずい
ぶん<u>大事にしてくれる</u>のよ。子供が泣いたりすると、おかみさんが遠
慮して表へ負ぶって出て行くわ。(雪・下26)

하지만 이게 고용살이인가 싶을 정도로 주인이 아주 <u>잘 대해줘요</u>.

　上の用例(1)と(2)は、利益主体「男」と「あの人」が、ヲ(을/를)格の対象
である利益対象「良平」と「私」を、「ほめる(칭찬하다)」「抱く(안다)」という働き
きかけをしたことを表している構文である。

B．生理的な状態変化による利益

(6) あの人が、この裂の仕事着で、どんなに固く私を<u>抱いてくれた</u>こと でしょう。(セメント90)

그 사람이 이 헝겊의 작업복으로 얼마나 꼭 저를 <u>껴안아주었는지</u> 모릅니다.

(7) だんだん深みにはまって…ひどいもんだよなあ。あの頃のことは思い 出したくもないね。たまに夢になんか見ると、背中にビッショリ脂汗 をかいてしまう。うなされて女房が心配して<u>起してくれ</u>るよ。

(待って70)

점점 깊이 빠져서 형편없는 꼴이었지. 그 무렵의 일은 생각해내고 싶지도 않군. 이따금 꿈에 뭔가 보면 등에 흠뻑 진땀을 흘려버린다. 가위에 눌려 마누라가 걱정돼서 <u>깨워줘요</u>

(8) それに信子は、看護婦として患者の面倒をみることに馴れているせ いか、じつに行き届いたホスピタリティで私を<u>もてなしてくれ</u>ます。

(妻152)

더구나 노부코는 간호원으로서 환자를 돌보는 데 익숙한 탓인지 실 로 빈틈없는 환대로 나를 <u>대접해 줍니다.</u>

(9) 屋敷では、まだまだ人手がたりなかったので、男をすぐに<u>やとってく れた</u>。(漫談122)

저택에서는 아직도 일손이 모자랐으므로 젊은이를 바로 <u>채용해 주 었다.</u>

C．空間的な位置変化による利益

<ⅰ>아/어/여주다形

(10) 병원 복도에서 빈혈로 쓰러진 M를 마침 그 ㅁ남 의사가 발견하고 병실로 <u>옮겨 준 것</u>이 사랑의 시작이었다고 했다. (모순p 15)

病院の廊下で貧血で倒れたMをちょうどあの美男子の医者が発見して病室に移してやったことが愛の始まりだったといった。

(11) そしたら、あれは三日目だったかに亡くなったお舅ちゃんが、二人を、衣山の桜見に行っておいでって言って出してくれた」(衣68)
　　　그랬는데 그게 3일째 되던 날인가에 돌아가신 할아버지가 둘을 고로모산에 벚꽃 구경 다녀오라고 하시며 보내 주셨단다.

　　前項動詞が「移す(옮기다)、出す(보내다)」の移動動詞は、「ヲ」格の利益対象を「ヘ」格の場所へ移動することによって利益対象に利益をもたらすことを表している。そのために構文の構造は移動先を表す「로／으로(ヘ)」格によって拡大されているか、目的を表す「하러(ニ)」格によって拡大されている。上の用例(10)では「미남 의사가 M를 병실로 옮기다(美男の医者さんがMを病室に移す)」という行為によって利益対象である「M」に利益になったことを表している。そして(11)では「お舅ちゃんが二人を桜見に出した」ことによって「二人」が利益になったことを表している。

(12) 私は単なる外交辞令と受けとり、あてにはしていなかった。ところが、本当に試合に招待してくれたんです。もっとも、それは世界タイトルではなくて、東洋タイトルでしたが。会場に行ってみると、意外にも田淵さんは若い女の子と一しょでした。(妻138)
　　　그런데 정말로 시합에 초대해 주었던 것입니다.

(13) この店に初めて私を連れていってくれたのは、田淵さんです。
　　　　　　　　　　　　　　　　　　　　　　　　　　　　　　(妻146)
　　　이 가게에 처음 나를 데리고 가 줬던 사람은 다부치씨입니다.

(14) 私は肌にあわ粒をこしらえ、かちかちと歯を鳴らして身ぶるいした。茶を入れに来た婆さんに、寒いと言うと、(中略)手を取るようにして、自分たちの居間へさそってくれた。(伊豆10)

나는 소름이 끼치고 이를 덜덜거리며 떨고 있었다. 차 시중을 들러 온 할멈에게 춥다고 하자, 친절하게 자기네 거실로 <u>이끌어 주었다</u>.

　空間的な位置変化による利益の場合は空間的な位置変化の場所が「ニ」格および「へ」格によってしめされる。上の用例(12)～(15)では「招待する、連れていく、さそう」などが前項動詞に来た場合、利益対象の場所への移動を伴い、その場所は「ニ」格によって拡大されることになる。

<ⅱ>「다 주다」形

(15) 葉子は今に体まで震えて来そうに見えた。危険な輝きが迫って来るような顔から島村は目をそらせて笑いながら、
　　　「早く東京に帰った方がいいかもしれないんだけれどもね。」
　　　「私も東京に行きますわ。」
　　　「いつ？」
　　　「いつでもいいんですの。」
　　　「それじゃ、帰る時<u>連れて行ってあげようか</u>。」(雪・下88)
　　　요코는 금방이라도 몸까지 떨려 올 것 같았다. 위험한 광채가 다가오는 듯한 얼굴로부터 시마무라는 눈을 돌려 웃으면서,
　　　빨리 도쿄로 돌아가는 편이 좋을지도 모르지만 말이야.
　　　저도 도쿄로 갈 거예요.
　　　언제?
　　　언제라도 좋아요
　　　그럼, 돌아갈 때 <u>데려가 줄까</u>?

(16) "나도 친정집에 연지 맡기고, 애 아빠 세미나차 미국 갔잖니……열시쯤인가 집에 들어왔는데 전화가 온 거야. 전화를 받자마자 영선이가 막우는 거야. 애들을 집에 <u>데려다주고는</u> 발길이 떨어지지 않는 걸 돌아 왔다구 말이야. (무소150)

　　　私も実家にヨンジをあずけて、パパがセミナーのためにアメリカに
　　　行ったじゃない。10時ごろ家に戻ってきたんだけど、電話がきたの
　　　よ。電話を受けるやいなやヨンソンが泣きじゃくるのよ。子どもたち
　　　を家に<u>連れていってあげて</u>はやっとの思いで帰ってきたとよ。

（筆者訳）

　　上の用例(15)と(16)では前項動詞に同じく「데리다(連れる)」という動詞
が来ているが、日本語の訳では両方「連れて行ってあげる」が当てられてい
る。それに対して韓国語の方をみると、用例(15)では「데려가　주다」－行く
(가다)という移動動詞に「주다」動詞が結合している形—に、(16)では「데려
다　주다」—移動を表す語尾다形に주다動詞が結合している形—形に訳され
ている。用例(15)も(16)も両方とも利益主体を利益対象をある目的地まで
「連れていってあげる」ということを表している。用例(565)の「데려가 주다」
形では利益主体「島村」が利益対象「葉子」を目的地「東京」に連れていくと
いうことを表していて、用例(15)では「데려다 주다」では、利益主体「영선
(ヨンソン)」という人が利益対象「애들(子供たち)」を「집(家)」へ連れていっ
てあげることを表し、目的地が異なる。すなわち、用例(16)での目的地「東
京」は利益対象「葉子」のホームグラウンドではなく、或る目的地まで利益対
象を届けることをことを表しいるので「行く(가다)」動詞に「주다」動詞が結合
した「데려가 주다(連れて行ってやる)」形が使われていい。それに対して、用
例(16)では目的地「집(家)」は利益対象の「애들(子供たち)」のホームベース
である。すなわち、韓国語の「다　주다」形は単なる移動を伴う利益行為を
表すだけではなく、利益対象のホームグラウンドへの移動を表しているの
である。

2.1.1.2 二格の相手対象への働きかけ

直接の授与態のもう一つのタイプは「ニ」格の相手対象への働きかけの構文である。「알리다, 기별하다(知らせる)、가르치다(教える)、나누다(分ける)、내곁에 놓다(私の近くにする)、바꾸다(変える)、얘기하다(話す)、말하다(言う)、내다(出す)、넣다(入れる)、붓다(注ぐ)、담다(盛る)、부르다(呼ぶ)、베개를 받히다(枕をさす)、보장하다(保障する)、보이다(見せる)、호의를 보이다(好意をよせる)、이야기를 건네다(話をかける)、허락하다(許す)、돌리다(回す)、일르다(言いつける)」等の動詞群が「에게(ニ)」格の利益対象への働きかけを表す動詞群である。これらの動詞群は利益対象は「에게(ニ)」格で表されて、「ヲ」格は利益物を表す構造になっている。

A．ヲ格の対象物が物である場合

直接の授与態で利益主体は多くの用例で「ガ」格で示され、「～ガ～ニ～ヲ～주다」のような構造になっている。

＜ⅰ＞「아/어/여주다」形

(17) ケイ子がねむっているまにおばあさんはひとりでそれだけのあきないをしたのです。一人一人のお客さまにおすしを<u>盛ってあげたり</u>、うどんをあたためて出したりするのです。(港80)
　　 게이코가 자고 있는 사이에 할머니는 혼자서 그만큼의 장사를 한 것입니다. 한분 한분의 손님에게 <u>초밥을 담아 주거나</u> 국수를 데워서 내놓는 것입니다.

(18) とんとむかし、あるところに、もちのだいすきな男がいた。あるとき、しんせきの家に行ったら、「おまえさんのために、どっさりもちをついておいたよ。さあ、どんどん食べておくれ。」と、言って、皿に山もりのもちを<u>だしてくれた</u>。(漫談86)

「너를 위해 떡을 잔뜩 만들어 뒀다. 자아 실컷 먹어라 」하면서 접시에 수북하게 떡을 담아서 <u>내 주었다</u>.

(19) 「ふん」と僕は思った。そんならあの子供たちに、今日は<u>こちらから</u>餌を<u>分けてやる</u>。(魚106)

하고 나는 생각했다. 그렇다면 저 애들에게 오늘은 <u>이쪽에서</u> 미끼를 <u>나누어주자</u>.

(20) <u>踊り子</u>がまた連れの女の前のタバコ盆を引き寄せて私に<u>近くしてくれた</u>。(伊豆)

무희가 또다시 일행인 여자 앞에 있는 담배함을 끌어 당겨 내곁에 <u>놓아 주었다</u>.

＜ⅱ＞「다주다」形

(21) 「おじいさんが生きてればもっといいんだがな。」
「ほんとだ。でもしようがないもの。柿の花、<u>そなえてあげようか</u>。」
(柿22)

할아버지가 살아 계셨으면 더 좋았을 텐데.
정말, 그렇지만 하는 수 없지. 감꽃을 <u>따다 드릴까</u>.

(22) ある日、おばあさんが、一人でるすばんをしているところへ、となりの人が、<u>ぼたもちをとどけてくれた</u>。(漫談 p 42)

어느 날 시어머니가 혼자 집을 지키고 있는데 이웃집 사람이 인절미를 <u>가져다 주었다</u>.

(23) 혜완은 공중전화 카드를 빼서 백 속에 넣고 카페에 들어가 자신이 늘 앉는 자리에 앉았다. 그녀와 거의 나이가 비슷한 주인 여자가 커피를 <u>날라다 주었다</u>.(무소37)

ヘワンは公衆電話のカードを取ってバックの中に入れてカフェに入って自分がいつも座っている席に座った。彼女とほぼ同じ年頃の女主人がコーヒーを運んでくれた。(筆者訳)

(24)「一杯？いいわね。私も一杯やりたい」

　　お酒の好きな妻が言った。

　　「何を言ってるんだ。鶏がいやなら、うどんか何かを<u>買って来てやる</u>
　　<u>よ</u>」(乳45)

　　무슨 소릴 하는 거야. 닭고기가 싫으면 우동이나 뭐나 <u>사다 줄게</u>.

(25)　その点、時夫は、<u>蓉子の友達</u>でも遊びに来ようものなら、さっと
　　立って行って、自分で<u>紅茶やコーヒーをいれて出してくれる</u>。

(舟 p 24)

　　그런 점에서, 도키오는 요코의 친구라도 올라치면 당장 일어나 나가
　　서 직접 홍차나 <u>커피를 타다 준다</u>.

　用例(21)にみられるように利益対象が利益主体と同じ場に居ない場合の
日本語文では「そなえてあげる」のように利益行為だけを示しているが、韓
国語では利益行為だけを示す「따 드릴까(そなえてあげる)」だけでは少し落
ち着きの悪い文になる。すなわち韓国語では、利益対象が利益主体と同じ
場に居ないときには、利益対象のところに届けることまでを含めた「따다 드
릴까」という「다주다」形を用いなければならず、もし利益対象が利益主体と
同じ場所にいる場合には「따주다」形を用いるであろう。また同じく用例(22)
でも利益主体「となりの人」と利益対象「おばあさん」と別のところに居るの
で、利益対象のところに利益物をもたらす場合は「가져다주다」形を用いな
ければならない。同じく用例(23)も「女主人」が利益対象の「ヘワン」のとこ
ろに利益物「コーヒー」を持っていってあげるときも、利益主体と利益対象
は異なる場所にいるので、移動を伴う利益形の「날라다주다」形を用いなけ
ればならない。

B．ヲ格の対象物が言語活動の場合

(26)　家に帰って、おばあさんと二人で、小判をながめていたら、となりの

よくばりじいさんがやってきた。

「わあ、たまげた。いつ、こんなもの、手に入れた。」

そこで、おじいさんは、きょうのできごとをくわしく<u>話してやった</u>。

(さる34)

그래서 할아버지는 오늘 있었던 일을 자세하게 <u>얘기해 주었다</u>.

(27) 「いいや、ほんとうだとも。おら、この目でちゃんと見て、食べてきたんだから。うそだと思うなら、にてみるといい。おらが、そのにかたを<u>教えてやるから</u>。」さすがのおばあさんも、大作どんにかかっては、かなわない。(とら56)

「아니 정말이라구요. 난 이 눈으로 틀림없이 보고 먹고 온걸요. 거짓말이라고 생각되면 삶아 봐요. 내가 삶는 방법을 <u>가르쳐드릴테니</u>.」

(28) 「よく<u>報せてくれたね</u>、ありがとう。」と佐山は雪子の肩へ手をやって、(母170)

<u>기별해 주길 잘했어</u>. 고마워

(29) おけ屋が聞くので、男は、ありのままを話したら、

「それは気のどくな。よかったら、わしのところで働け。」と、<u>言ってくれた</u>。男はよろこんで、その日からおけ屋で働くことになった。

(漫談124)

「그거 안됐구만. 괜찮다면 나한테서 일하게.」하고 <u>말해주었다</u>. 젊은이는 기꺼이 그 날부터 통장수 집에서 일하게 되었다.

(30) 「いや。節さんが、わしとの約束を守ってくれた。すぐお嫁に行くことにしてくれてな。お嫁に行くということを姉さんのタマエさんが手紙でちゃんと<u>知らせてくれたよ</u>。」(親爺130)

아니 세쓰씨가 나와의 약속을 지켜주었지. 곧 시집 가기로 해줘서 말야. 시집간다는 것을 언니인 다마에씨가 편지로 깔끔하게 <u>알려주었단다</u>.

＜ⅱ＞動作主体がカラ格の場合

(31) 伊坂幸子がそんなふうに<u>向うから言葉をかけてくれた</u>のが意外だっ
　　　たのだが、その時まだ、美津子は幸子に心を許していなかった。

(秋192)

　　　이자카 사치코가 그런 식으로 <u>그 쪽에서</u> 사치코에게 이야기를 <u>건네</u>
　　　<u>온 것이</u> 뜻밖이었으나 그때 아직 미쓰코는 사치코에게 마음을 허용
　　　하고 있지 않았다.

　　授与態の多くは利益主体は「이/가(ガ)」格によって表されるが、上の用例
(31)の「言葉をかける」のような、言語活動の動詞の場合には利益主体が
「カラ」格で示され得ることを前掲の日本語のやりもらいで考察したが、同
じく韓国語の授与態においても「그쪽에서(向うから)」のように「에서(カラ)」
格で示すことができる。

2.1.2 持ち主の授与態

　　持ち物への利益行為は利益主体である「이/가(ガ)」格の人物が利益対象
の「의(ノ)」格の人物の持ち物「을/를(ヲ)」格および「에(ニ)」格へ働きかけを
したことを表している。ただ、前節で韓国語では利益対象(＝相手対象)は
「에게, 한테」格で表されていることを見たが、行き先の「ニ格」は「에」で表さ
れる点で日本語と異なる。

2.1.2.1 ヲ格の持ち物への働きかけ

　「(손질을) 하다((手入れを)する)、안다(抱く)、씻다(洗う)、털을 빗다(毛
をすく)、쓰다듬다(さする)、(목숨을) 빼앗다((命を)とる)、(가게를) 도와주
다((店を)手伝う)、(상복을) 챙기다((喪服を)そろえる)、(바짓부리를) 털다
((すそを)払う)、(취직자리를) 구하다((就職口を)求める)」のような動詞群

は「ヲ」格の持ち物への働きかけを表す動詞であるが、これらの動詞は「ヲ」格の「持ち物」の働きかけは、結局は「ノ」格の人物に利益をもたらす構造をもっている。「ヲ」格の「持ち物」と「ノ」格の人名詞とは部分と全体の関係を成していて、「ノ」格の身体および所有物などへのはたらきかけによって、その所有者である「ノ」格を人物が利益を得るような関係である。

A. 持ち主の身体への働きかけ

　持ち主の身体への働きかけは以下にみられるように、利益主体が利益主体自身の身体の部分への働きかけをする場合と、他人へ働きかけをする場合とがある。

<ⅰ>自分の身体への働きかけ—再帰態[8]
(32) 어머니에 비하면 이모는, 끊임없이 세심하게 <u>손질을 해 주며</u> 가꾸고 있는 이모의 자연스러운 헤어스타일은 얼마나 보기가 좋은가.

(모순 p 126)

　　　母に比べて叔母は、常に細かく手入れをしてやっている叔母の自然なヘアスタイルはどんなに見た目がいいのか。

　上の用例(32)では利益主体である「叔母」は自分のヘアスタイルへの手入れをしているので、自分の身体への働きかけをしているのである。上の用例に見られるように韓国語も日本語と同じく、再帰態は構文的なカテゴリーとして存在しているのではないかと思われる。

---

8) 高橋(1988)では再帰態について、「自分自身またはその部分に対する動作のばあいのヴォイスを再帰態(reflexive voice)という。日本語では、形態論的なカテゴリーとしての再帰動詞は発達していないが、構文的なカテゴリーとしての再帰構文がある。」、として日本語において再帰態が形態論的なカテゴリーとしては特別に存在していないが、構文的なカテゴリーとして再帰構文が存在していることを指摘している。

＜ⅱ＞他人の身体への働きかけ

(33) 佐山は遠くから、雪子の首をちょっと<u>だいてやった</u>。(母176)

　　　사야마는 먼발치에서 유키코의 머리를 약간 <u>안아 주었다</u>.

(34) わたしが病気をしたとき、おかあさんの手がせなかや手や足を<u>さすっ</u>
　　　<u>てくれる</u>と、わたしの病気はだんだんよくなってゆきました。(おかあ
　　　さんのてのひら108)

　　　내가 병을 앓았을 적에 어머니의 손이 등이나 손발을 <u>쓰다듬어 주</u>
　　　<u>면</u> 나의 병은 점점 나아 갔습니다.

　　上の用例(33)と(34)では動作主体「佐山」と「おかあさん」が、動作対象の
身体「雪子の首」と「私のせなかや足」を「だく」「さする」という動作対象のヲ
格の身体への働きかけが動作対象「雪子」や「おかあさん」の利益になること
を表している構文である。

B. 持ち主の所有物への働きかけ

(35) 「そんなこと…。なにもそんなことまで、あなたが…」
　　　する義理はないと、時枝は気色ばみかかったが、
　　　「しかたがないわ、最後の御奉公と言うんでしょうかね。不思議な災
　　　難ですわ。」
　　　と、笑いにまぎらわして、佐山の喪服を<u>そろえてくれた</u>。(母168)

　　　"그런 일 아니, 그런 일까지 당신이?"
　　　할 의리는 없다고 도키에는 정색을 하려다가,
　　　"하는 수 없군요. 마지막 봉사라고나 할까요. 야릇한 재난이예요."
　　　하고 웃음으로 얼버무리며 사야마의 상복을 <u>챙겨서 주었다</u>.

(36) 山の頂上へ出た。踊り子は枯草の中の腰かけに太鼓をおろすとハン
　　　カチで汗をふいた。そして自分の足のほこりをはらおうとしたが、ふ

と私の足もとにしゃがんではかまのすそを<u>払ってくれた</u>。(伊豆58)

산등성이에 나왔다. 무희는 마른 풀 속의 앉을 자리에 북을 내리고는 손수건으로 땀을 닦았다. 그리고 자기 발의 흙먼지를 털려고 하다가 문득 내 발밑에 쭈그려 바짓부리를 <u>털어 주었다</u>.

(37) 隣りの女湯へ葉子が宿の子をつれて入って来た。着物を脱がせたり、<u>洗ってやったり</u>するのが、いかにも親切ないいで、初々しい母の甘い声を聞くように好もしかった。(雪・下96)

옆의 여탕에 요코가 여관집 아이를 데리고 들어왔다. 옷을 벗기고 <u>씻어주고</u> 하는 것이 어찌나 친절한지 앳된 엄마의 달콤한 목소리를 듣는 것처럼 기분이 좋았다.

上の用例(35)では利益主体「時枝」が利益対象「佐山」の所有物「喪服をそろえる」という行為によって、利益対象が利益の受けるということを、用例(36)では「踊り子が私のかまのすそを払う」という行為によって、利益の受けていることを表している。それぞれ利益主体のはたらきかけは受け手の所有物である「喪服」および「かまのすそ」であるが、その働きかけの結果、利益の受けるのは「ノ」格の持ち主である「佐山」と「私」である。

2.1.2.2 ニ(에)格の持ち物への働きかけ

「에(ニ)」格の持ち物への働きかけも「ヲ」格の持ち物への働きかけと同じく、持ち主の身体の場合と所有物への働きかけの場合がある。

A. 持ち主の身体への働きかけ

「ガ」格の利益主体が利益対象「ノ」格の身体「ニ」格への働きかけによって、その持ち主「ノ」格の人が利益をうける構文である。多くの場合は他人の身体への働きかけであるが、用例の中には利益主体が自分の身体へはた

らきかける場合がある。

<ⅰ>身分の身体への働きかけ —再帰態—

(38) 響子はぱっと帽子をぬいだ。

　　　「いい気持ちだわ。頭に風通してやると」

　　　麻生は海を見ているふりをした。(砂18)

　　　교코는 휙 모자를 벗었다.

　　　기분이 좋아요. 머리에 바람을 쏘여주니까.

　　　아소씨는 바다를 보고 있는 척했다.

　ここの用例は授受構文の中でも、特殊な用例で、再帰構文である。普通の授受構文と違って授受行為が相手に及ぶのではなく、話し手自分自身に及んでいて、利益主体と受け手が一致している。用例(38)は日本語文では、「響子」という利益主体で、利益対象は「自分の頭」になっている。それに対する韓国語の訳も「주다」動詞が使われている。以上のように、再帰的な用法は日本語と韓国語が共通している。

<ⅱ>他人の身体への働きかけ

(39) 私は鳥打帽をぬいて栄吉の頭にかぶせてやった。(伊豆74)

　　　나는 사냥모자를 벗어서 에이키치의 머리에 씌워 주었다.

(40) 食べおわるとケイ子はおばあさんにいわれて、自分の小箱の中からもも色のリボンを一つとり出して、おせんべつにと春江にさしだしました。春江が、えんりょしているので、ケイ子はねえさんらしくうしろにまわり、春江の頭にそれをむすんでやりました。(港90)

　　　하루에가 사양하며 멈칫거리고 있기에 게이코는 언니답게 뒤로 돌아서 하루에의 머리에 그것을 매어 주었습니다.

　上の用例(39)は、利益対象「栄吉」の身体の一部分である「頭」に「鳥打帽をかぶせる」という働きかけの行為をしたことを、用例(40)では「ケイコ」が受け手の「春江」の身体「頭」に「リボンをむすぶ」という働きかけの行為をしたが、その行為はその持ち主である「栄吉」と「春江」に利益になるであろうと思ってやった行動である構文である。

B．持ち主の所有物への働きかけ

(41) 혜완이 조카의 그릇에 수북하게 과자를 <u>담아 주었다</u>. (모순 p 231)
　　　ヘワンが甥の器にいっぱいお菓子を<u>盛ってやった</u>。(筆者訳)

(42) 佐山は金を出したが、雪子はこわいもののように受け取らなかった。
　　　「雪ちゃんも少しは持ってないとね。いるかもしれないよ」
　　　と、ふところに<u>入れてやろう</u>とすると、(母174)
　　　하고 주머니에 <u>넣어 주려는데</u>,

2.1.3 第三者の授与態

① 「마시다(飲む)、설거지를　하다(皿洗いをする)」などのモノゴトへの働きかけの他動詞。

② 「팔다(売る)」等の人への働きかけの動詞が動作対象と利益対象が異なる構文において利益対象が「위해서(タメニ)」によって表される。

2.1.3.1 モノゴトへの働きかけの他動詞構文

(43) 一人になったあと、佐久の心は暗かった。自分がいくら老人のたのみとは言え、その検査薬を飲んだのが悔まれた。だが考えてみるとどうせ助からぬ癌ならば、生前、嫌がる薬を<u>飲んでやる</u>のも、あの人にたいする親切かとも思われる。(嘘68)
　　　혼자가 된 후 사쿠의 마음은 어두웠다. 자기가 아무리 노인의 부탁이었다고는 하지만 그 검사 약을 마신 것이 후회되었다. 그렇지만 생각해 보면 어차피 살아날 수 없는 암이라면 생전에 싫어하는 약을 <u>마셔주는</u> 것도 그 사람에 대한 친절이 아닐까고도 생각된다.

(44) "아내에 대해선 친구 같은 사랑이랄까. 우정 같은 것도 가지고 있고 전⋯설거지도 <u>잘해 주고</u> 직장에 다니는 <u>아내를 위해선</u> 밥도 합니다 ⋯" (모순186)

妻に対しては友達のような愛というか友情のようなものも持っているし、私は皿洗いも<u>よくやってやるし</u>、勤めている<u>妻のために</u>御飯も炊きます。(筆者訳)

(45) 그렇게 많은 술을 마셨으면서도 아버지는 두 방의 손님들을 거두느라 분주한 <u>어머니를 위해</u> 국대접도 나르고 안주접시도 <u>날라주는</u> 태려를 조금도 아끼지 않았다. (모순76)

それだけたくさんのお酒を飲んだのにもかかわらず、父は二部屋のお客さんをもてなすので奔走しているお母さんさんのためにスープ椀も運び、おつまみ皿も運んでくれる配慮を少しも惜しまなかった。

(筆者訳)

　モノゴトへの働きかけを表す動詞の場合、日本語では「第三者のやりもらい」を成すことを前節でみたが、日本語の間接の授与態文に対する韓国語訳も用例(43)では「사쿠가 할아버지를 위해 약을 마셔주다(佐久が老人のために薬を飲んでやる)」と、用例(44)では「저는 아내를 위해 설거지를 잘 해주다(私は妻のために皿をよく洗ってやる)」のように、利益主体「佐久」と「私」が「薬を飲む」「皿を洗う」という行動をしたのは、利益対象の「老人のために(노인을 위해서)」「妻のために(아내를 위해서)」という構文で、第三者の授与態の文である。

2.1.4 評価と原因の授与態

2.1.4.1 評価の授与態

　評価の授与態構文は授与態構文の構造から解放された構文で、利益主体も存在しなければ、利益対象も存在しないが、話し手がある出来事に対して自分にプラスになったと捉えている構文であることを前掲した。そのような構文が韓国語の授与態構文にも日本語のやりもらい構文と同じく存在した。

A．評価対象が相手の状態
　(47) 그녀가 마음속으로 내기를 한 대로 선우는 <u>거기 있어 주었지만</u> 그
　　　렇게 많은 사람들이 함께 있을 경우에 대해서는 생각을 하지못한
　　　것이었다. (모순)
　　　彼女が心に賭けた通りソンウは<u>そこにいてくれた</u>けど、そんなに大勢
　　　の人と一緒にいることに対しては考えていなかった。(筆者訳)

　用例(47)の主語「ソンウ」も利益主体ではなく、存在文の主語に過ぎない。話し手は主語の存在が話し手にとって、有難いこととして評価していることを「～てくれる」構文で表しているのである。

B．評価対象が相手の動作
　(48) 私はとても満足でした。田淵さんが光枝を<u>しめ殺してくれた</u>おかげ
　　　で、彼女名義の信州の土地と自由とを手に入れることができたんで
　　　すから。(妻196)
　　　나는 아주 만족스러웠습니다. 다부치씨가 미쓰에를 <u>목졸라 죽여 준</u>
　　　덕택에 그녀 명의의 신슈의 토지와 자유를 손에 넣을 수가 있었으
　　　니까요.

(49) 誰かが、私の代わりに平岡を殺してくれた、そんな感じでした。

(妻188)

누군가가 나 대신 히라오카를 죽여 주었다. 그런 느낌이었습니다.

(50) 創立者の娘との結婚でわたしのほうが昇進が早くなったわけだが、
彼はいつも従順にわたしを立て、じつによく努力してくれた。

(友情14)

창립자의 딸과 결혼함으로써 내 쪽이 승진이 더 빨라진 셈인데, 그
는 언제나 고분고분하게 나를 내세우고 정말 잘 노력해 주었어.

C. 評価対象が相手の感情

(51) 예비역들은 제복의 시절을 뛰어넘어 인관의 노래에 광분해주었다.

(노래108)

　上の用例(51)では話し手の「인관」という人が自分の歌に対して予備役の
人たちが興奮することに対して評価している構文である。

D. 評価対象が自然現象

(52) そのときサキは蓮芋畑のなかで草むしりをしていたが、手拭を姐さん
被りにしてしゃがんでいたので芋の広葉が閃光を遮ってくれた。

(黒 p 190)

그때 사키는 고구마 밭에서 풀을 뜯고 있었는데 수건을 머리에 둘
러싸고 쭈그리고 앉아있었기 때문에 고구마의 잎이 섬광을 가려 주
었다.

　用例(52)では「芋の広葉」は植物なので、自然物が話し手の方にそうして
あげようと思ってやることは不可能で、その自然物が受け手に取って良い

具合に利益になったと思ったような用例である。例え自然物に多少の意志性を認めるとしても、利益主体になりにくいのであろう。自然現象に対する評価は韓国語でも「주다」動詞を用いている。

2.1.4.2 原因の授与態

(53) この考えが美津子を退屈な授業から救ってくれた。（河70）
　　　 이 생각이 미쯔코를 재미없는 수업에서 구해 주었다.
(54) 직업은 여지껏 그 여자의 떳떳한 자립을 보장해줬을 뿐 아니라 자존심의 근거가 돼주었다.（그대 p 43）
　　　 職業は今まで彼女の自立を保障してくれただけではなく、自尊心の根拠になってくれた。

　上の用例(53)は日本語の用例で、「考え」という抽象的な事柄に対して話し手が自分に取ってプラスになったと評価している。それに対して(54)の用例は韓国語の用例であるが、韓国語の用例でも主語は「직업(職業)」で、人間ではなく「抽象的な事柄」である。「職業」も「考え」と同じく抽象的な事柄なので、利益主体にはなれない。ある抽象的な事柄に対して話し手が自分に利益になったというふうに主観的な気持で捉えている。すなわち韓国語の授与態の動詞「주다」動詞も日本語の「～てくれる」動詞と同じく評価のモーダルな意味があることが分かる。

2.1.5 使役授与態
　韓国語でも授与態と結合する使役動詞は人への働きかけ性を持っていない自動詞を使役動詞にして他動詞化する方法と、モノゴトへの働きかけ他動詞を人への働きかけ性を獲得する方法として使役動詞にして、その使役動詞に授与動詞「주다」動詞がくっ付いて使役授与態構文ができている。

2.1.5.1 直接の使役授与態

(55)「苦労ももう少しだ。あんたを苦しみから<u>解放してあげる</u>」(相談 p 28)
　　　"고생도 이제 얼마 남지 않았소. 당신을 고통에서 <u>해방시켜 주지.</u>"
(56)「いやですわ。どんなことがあっても、ベルがそんな病気になったのは
　　　因果としても、自然に死ぬまでは、一緒に抱いて寝て<u>あたためてや</u>
　　　<u>りますわ</u>。あたしも一緒に死にますわ。」(動物34)
　　　싫어요. 어떤 일이 있어도 벨이 그런 병에 걸린 것은 운명이라 할지
　　　라도 자연히 죽을 때까지는 같이 안고 자며 <u>따뜻하게 해 주겠어요.</u>
　　　나도 같이 죽겠어.
(57)「楽しみに待ってなよ。きっとあんたを<u>幸せにしてやる</u>からね」
　　　　　　　　　　　　　　　　　　　　　　　　　　　　(相談28)
　　　기쁜 마음으로 기다리라구. 꼭 당신을 <u>행복하게 해 줄테니까.</u>

　上の用例にみられるように「해방하다(解放する)、따뜻하다(あたためる)、
행복하다(幸せにする)」のような自動詞は人への働きかけ性のないので、「해
방시키다」「따뜻하게 하다」「행복하게 하다」のように「게 하다」という使役動
詞にすることによって、人への働きかけ性を獲得して「주다」動詞と結合す
ることができ、授与態構文を成している。

2.1.5.2 原因の使役授与態
(58) 처음의 그 맹렬하던 투지는 간 곳 없어지고 무슨 한처럼 나를 지탱
　　　<u>시켜 주던</u> 미움도 차차 무디어져 갔다. (우리60)
　　　最初のその猛烈だった闘志はいくところも知らず無くなり、何かの
　　　恨みのように私を<u>支えてくれていた</u>憎しみも段々鈍くなって行った。

上の用例(58)は元になる使役動詞文は「미움이 나를 지탱시키다(憎しみが私を支えさせる)」で、ガ格が「憎しみ」という非情物である。その非情物が主語の場合には、その非情物が原因となる使役文になる。この構文は原因の使役文に授与態「주다」動詞がくっ付いて、「미움이 나를 지탱시켜주다(憎しみが私を支えさせてくれる)」という使役授与態構文になっている。

2.2 韓国語の受益態

<物の授受の場合>

(59) 실제로 이모한테 나는 가끔씩 선물과 함께 그런 <u>카드를 받아</u> 본 적이 있었다. (모순 p 259)
　　実際におばから私は時々お土産と共にそういうカードを貰ったことがあった。

(60) 혜완은 아버지에게 <u>보온병을 받아</u> 커피를 마셨다. (모순 p 218)
　　ヘワンはお父さんに魔法瓶をもらってコーヒーを飲んだ。

(61) 형은 잔액이 몇 십만 원인 <u>통장만 받고</u> 나머지 적금 통장은 동생에게 돌려 주었다. (모순 p 168)
　　兄は残高が何十万ウォンである通帳だけをもらって残りの通帳は弟に返してやった。

上の用例(59)～(61)では、「나는 이모한테 카드를 받다 → 이모가 나에게 카드를 주다」、「혜완이 아버지에게 보온병을 받다 → 아버지가 혜완에게 보온병을 주다」、「형이 동생에게 통장을 받다 → 동생이 형에게 통장을 주다」にみられるように利益物が具体物の物である場合、すなわち物の授受において「받다」動詞は「주다」動詞に対して、受益態として存在している。

2.2.1 受益態「받다」動詞の構造

前節で記述した通り、韓国語の授与態「～주다」動詞は様々な動詞と結合して授与態を成していることが分かったが、受益態「아/어/여받다」動詞は以下にみられるように、日本語の受益態のように文法的な形式としては発達しておらず[9]、語彙的に使われる程度で、用例もかなり限うれている。

2.2.1.1 受益態として

(62) 선심처럼 고구마 튀김을 내밀면서 혜완이 스치듯 물었다.

으응……친구한테 빌려 준 책을 건네 받기로 했대.

경혜가 혜완을 향해 의기양양하게 대답했다. (무소33)

気前よく薩摩芋の天ぷらを差し出しながらヘワンがさりげなく聞いた。うん、友達に貸してあげた本を渡してもらうことになっているんですって。(筆者訳)

(63) 생선살 한 젓가락 우리에게 떼어주기를 아까워했던 이모부지만 아버지의 사업자금으로 갈치 백 마리, 아니 천 마리, 만 마리 살 만한 돈을 빌려주었고 결국 돌려받지 못했어도 별다른 불평을 하지 않았던 것을 어머니는 왜 잊고 있는지 모를 일이었다. (모순115)

魚の一切れ我々に分けてくれることをもったいぶった叔父であるが、お父さんの事業資金に飛魚百匹、いや千匹、万匹も買えるくらいのお金を貸してくれたし、結局返してもらえなかったけれど、別に不満も言わなかったことを母はどうして忘れているのか分からない。

(筆者訳)

---

9) 韓国語の受益態「받다」が文法的な形式として発達していないことは奥津(1979)にも指摘がある。

「ところが朝鮮語には「～テモラウ」にあたる表現がない。'patta'はあるが、それを補助動詞としては使うことができない。つまり朝鮮語では受け手主語の恩恵授受構文はないわけである。」

(64) 아무리 결혼 몇 년 만에 싸움닭처럼 거칠어진 어머니라 해도 차마
뒷말만은 더 이상 잇지 않았다. 너는 이 지긋지긋한 불행을 내게 양
보한 대신 알짜만 가득한 행복을 넘겨받은 것이라고. (모순 p 120)
　あなたはこのうんざりする不幸を私に譲った代わりにたくさんの幸せを
　譲ってもらったのだと。(筆者訳)

(65) 나는 절대 갈치를 좋아하지 않았다. 어머니도 그럴 것이라고 나는
믿고 있었다. 왜냐하면 갈치는 아버지가 몹시 탐하는 생선이었고 그
래서 진모가 그 습성을 물려받은 것이므로.(모순40)
　私は全然飛魚が好きじゃなかった。母もそうだろうと思っている。
　なぜならば、飛魚は父がとても好きだった魚で、それでチンモがその
　習性譲ってもらったのだから。(筆者訳)

　上の用例(62)～(65)に見られるように、日本語の「～てもらう」動詞が多
くの動詞を前項動詞として取り、かなり自由に受益態を表ししているのに
対し、韓国語の受益態「～받다」動詞は文法的ではなく、語彙的に授与態
「～주다」動詞が複合動詞として、辞書に登録されている場合に限り、それ
に対応した形でしか受益態「～받다」動詞は存在していないのではないかと
思われる。

　　　「건네주다(渡してやる)—＞ 건네받다(渡してもらう)」
　　　「돌려주다(返してやる)—＞ 돌려받다(返してもらう)」
　　　「넘겨주다(明け渡す)—＞ 넘겨받다(明け渡してもらう)」
　　　「물려주다(譲ってやる)—＞ 　물려받다(譲ってもらう)」

2.2.1.2 機能動詞として

　韓国語において「받다」動詞は文法的な受益態ではないが、語彙的に主に

漢語動詞の動作動詞と結合した形では受益態を成すことがある。しかし、日本語の受益態のように生産的であるとは言えない。

(66) 三人の回答者がいて、聴取者が電話で、回答者を指名して、相談に乗ってもらう、というわけである。(人生相談12)

　　세사람의 회답자가 있어서 청취자가 전화로 답변자를 지명하여 상담을 받는다는 형태이다.

(67) しかしそのような思いを許してもらう代わりに、伸子は自分に一つの義務を課していた。(不眠142)

　　그러나 그러한 상상을 허락받는 대신 노부코는 자신에게 하나의 의무를 부여하고 있었다.

(68) 「その日、彼女がどこかの人に教えてもらっているのを八百屋のおばさんが見たんですって …」(女の決闘36)

　　그 날 그녀가 어떤 사람에게 교습을 받고 있는 것을 채소가게 아주머니가 보았다는군요…

(69) ところが、うそつき名人の家に行っても、本が見あたらない。うそつき名人のおかみさんに手伝ってもらってさがしたが、仏壇の引きだしはどれもからっぽだ。(漫談40)

　　그런데 거짓말의 명수의 집에 가도 책이 보이지 않는다. 거짓말의 명수의 아내에게 도움을 받아 찾았지만 불단의 서랍은 모조리 텅텅 비어있다.

(70) ある時、私は胃の具合が少しおかしくなり、会社の近くの病院に行きました。診て貰ったところ、軽い胃炎で、べつに心配はないということでした。(妻148)

　　진찰을 받아 보니 가벼운 위염으로 별로 걱정할 필요는 없다는 것이었습니다.

(71) 「あの時、来ていた吉永小百合のような娘に是非、<u>紹介してもらいたい</u>。実はあの夜、悪戯でとったブローチを返したいから」そう頼んだのである。(嘘つくべからず55)

"그때 왔었던 요시나가사유리를 닮은 아가씨를 꼭 <u>소개받고 싶다</u>. 실은 그 날밤, 장난으로 슬쩍 한 브로치를 돌려주고 싶으니까"그렇게 부탁한 것이다.

(72) 早苗は、直感的に、そう思った。
病院に寄って、<u>検査してもらう</u>のに一時間ほどかかった。

(相談 p 40)

사나에는 직감적으로 그렇게 생각했다. 병원에 들러 <u>검사받는데</u> 1시간 가량 걸렸다.

(73) 어느 날 경혜는 말했다. 아마도 영선의 초라한 단칸 신혼방에서 였을 것이다. 외풍이 너무 세어서 등이 시린 신혼방에 <u>초대받아</u> 그들은 둘러앉아 있었다.(무소p.34)
外風があまりにも強くて背中がしびれる新婚部屋に<u>招待してもらって</u>彼等は坐っていた。

(74) 역시 파렴치한 일로 매도당할 만한 일이지만, 지금까지 나영규는 이 결혼이 무위로 돌아 갈 수도 있다는 어떤 정보도 나한테 <u>제공받아</u> 본 적이 없었다.(모순 p 227)
やはり破廉恥なことだと〜されることであるが、今までナヨンキュはこの結婚が駄目になるというどんな情報も私から<u>提供してもらった</u>こともなかった。(筆者訳)

上の用例(66)では「청취자가 회답자에게 상담을 하다(聴取者が回答者に相談をする)—＞회답자가 청취자에게 상담을 받다(回答者が聴取者に相談してもらう」のように、利益対象を主語にして、主語の立場で捉えた受益態「받다」構文が使われているが、主にここの用例のように「상담하다(相談す

る)」という機能動詞結合の動詞に対して、受益態「상담받다(相談してもらう)」存在している。そのほかには上で用例として取り上げたように、次のような機能動詞結合が受益態を成している。

허락하다(許す)―허락받다(許してもらう)

교습하다(教習する)―교습받다(教習してもらう)

돕다(助ける)― 도움을 받다(助けてもらう)

진찰하다(診察する)―진찰받다(診察してもらう)

소개하다(紹介する)―소개받다(紹介をしてもらう)

검사하다(検査する)―검사받다(検査してもらう)

2.2.2 韓国語に受益態が発達していない理由

韓国語で受益態が文法形式として発達していないことは前掲したとおりであるが、韓国語に受益態が発達しないその理由と日本語の受益態を韓国語ではどのような形式で表しているかを以下で考察する。

前節の先行研究でも触れたように日本語のやりもらい動詞には視点性が関わっていることをみた。日本語で受動態および受益態が多く使われる要因は、日本語は視点性の強い言語なので、動作主体と動作対象の関係の中で、話し手が動作対象である場合には動作対象を主語にして語る傾向があるからであろう。そのことについて田中・舘岡(1991)では次のように指摘している。

つまり「受身文」を選ぶか「能動文」を選ぶかについて、動作主と受け手のどちらかが一人称「私」のときには一般的に「私」を主語にする。したがって「友達は私の時計を壊した」「友達は私を誘った」「友達は私をなぐった」などの表現は普通は用いない。

(田中・舘岡1991　p 131)

　それに対して、韓国語のやりもらいには視点性がないので、動作主体が
誰であろうと動作主体を主語にすることができるので、わざわざ動作対象
を主語にする必要性のない言語なのである。田中・舘岡(1991)では、「動作
主と受け手のどちらかが一人称「私」のときには一般的に「私」を主語にする
ので、私を主語にしないで、動作主体を主語にした表現は普通用いない」と
されているが、本稿では田中・舘岡で取り上げられた用例を韓国語に直訳
してみる。すると「友達は私の時計を壊した―＞친구가 내 시계를 망가뜨렸
다」になり、「友達は私を誘った―＞친구가 나를 불렀다」で、「友達は私を
なぐった―＞친구가 나를 때렸다」で、韓国語では田中・舘岡(1991)での用
例三つの文すべてが、動作主体を主語にし、動作対象の「私(나)」を補語に
した構文でも自然である。すなわちそのためわざわざ動作対象である「私」を
主語にするための受動態にする必要がなく、能動態で充分間に合うのであ
る。以下で日本語では受動態であるが、韓国語では能動態で訳されている
構文を紹介する。韓国語では受益態が発達していないことと同じ理由で受
動態も発達していない。次の用例を見られたい。

(75)　「作業中にめまいを起したとなると、ガラス拭きとしての適性を疑わ
　　　れる。ある日、主任に肩を叩かれ、「角田君、現役を退いたらどうか
　　　ね」そんなことを言われかねない。(危険18)
　　　작업 중에 현기증을 일으켰다고 알려지게 되면 유리창 닦기로서의
　　　적성을 의심받는다. 어느 날 주임이 어깨를 툭툭 치며, 쓰노다 군
　　　현역에서 물러나는 게 어떤가?
(76)　呑気に魚釣りなんか出来るのは、病気上りの虚弱者なのだろう。こ
　　　の僕がそうだった。胸の病気のあとで、しばらくのんびりと魚釣りで
　　　もして暮せと、医者から言われたのだ。(魚96)
　　　가슴앓이 뒤에 한동안 한가로이 낚시라도 하며 지내라고 의사가 말
　　　했던 것이다.

　上の用例(75)と(76)で、日本語の受動態「叩かれる」「言われる」に対する韓国語訳は「치다(たたく)」と「말하다(話す)」で、受動態ではなく能動態で表現されている。日本語文では文の語り手である「角田君」と「僕」を中心にして語るために、受動態が使われている。それに対して韓国語文では動作主体が誰であろうと視点の制約がないので、動作主体の「主任」と「医者」を主語にして語ることができるため、受動態ではなく能動態で表現できるのである。すなわち韓国語で受益態と受動態が発達していないのは視点の制約がないからではないかと考えられる。すなわち以上で取り上げた受動態と能動態と同じような理由で韓国語ではやりもらい構文でも、動作主体が誰であろうと動作主体(利益主体)を主語にした授与態でも充分間に合うので、受益態が発達していないのではないかと考えられる。

2.3 日本語の受益態の韓国語の対応

2.3.1 日本語の受動型受益態 → 韓国語の授与態による対応

　まず前節でみた日本語の受動型受益態(直接の受益態と持ち主の受益態)は、韓国語では授与態に置き換えることによって対応させている。

2.3.1.1 直接の受益態

(77)「僕の知り合いで、妙なところに三百坪の土地と小さな家を持っている男があって、そこにビルディングがたつので、高く売ったんだ。その家を一晩貸してもらうように話をつけた」(過去:10)

　　「내가 아는 사람으로 묘한 곳에 3백 평의 토지와 작은 집을 갖고 있는 사나이가 있는데, 거기에 빌딩이 서게 되어 비싸게 팔았지. 그 집을 하룻밤 빌려주도록 이야기가 됐다네."

　上の用例(77)は日本語の文は「僕の知り合いが僕にその家を貸してくれるように」という直接の授与態の文を、利益対象を主語にし、利益対象の立場から捉えた「僕が知り合いにその家を貸してもらうように」という直接の受益態の文である。すなわち、「ガ」格の利益主体の利益行為によって、「ヲ」格および「ニ」格の利益対象が利益を受けることを、利益対象を「ガ」格にして、利益主体を「ニ」格で捉えた、すなわち直接の受動態と同じような構文構造を成しているタイプの構文を直接の受益態－受動型受益態―構文と名づけたが、このような構文は韓国語では前掲した一部の機能動詞結合構文を除いては授与態構文に置き換えることによって表される。上の用例で言うならば、日本語文「僕が僕の知り合いにその家を一晩貸してもらうように」という受益態文は、韓国語訳では受益態として表現すると「＊내가 아는 사람에게 그집을 하룻밤 빌려 받았다」という受益態の文は成り立たないので、利益主体を主語にして、「아는 사람이 나에게 그집을 빌려주었다」のような授与態構文で訳されることになる。

2.3.2.2　持ち主の受益態

(78)　早苗は、ちょうどバスに乗ろうと走って来た年寄りに腕を<u>つかんでもらって</u>、倒れずにすんだ。(相談 p 38)
　　　사나에는 마침 버스를 타려고 달려온 노인이 팔을 <u>잡아주어</u> 넘어지지는 않았다.

　もう一つの受動型の受益態である持ち主の受益態も上の用例(78)は日本語の構文は、前節で触れたとおり持ち主の受益態で、受動型の受益態の中に入る。その日本語の構文を韓国語の受益態に直訳すると「＊사나에가 노인에게 팔을 잡아 받다(受益態の文)」ようになり、不自然な韓国語になる。このような受動型受益態は、利益主体「老人」を主語にし、利益対象の「노

인이 사나에의 팔을 잡아주다(老人が早苗の腕をつかんでやった)」のように、利益主体の立場での表現である授与態に変えて表すのが一般的である。

2.3.2 日本語の使役型受益態
→ 韓国語の使役形や依頼形による対応

日本語の受益態の中で、前節で取り上げた第三者の受益態の文－使役型受益態－は韓国語では、使役形「～게 하다」「～도록 하다」によって対応させるか、「달다」によって対応させている。

2.3.2.1 韓国語の使役形による対応

A．人への働きかけ性を持っていない動詞文
＜ⅰ＞自動詞文の場合
(79) 留守中に紛失したりする物があるとこまるので、だれか友人を呼んで来て、立ちあってもらおうかと迷っていたが、(先生114)
　　　만일 집을 비운 사이에 분실물이라도 생기면 곤란하니까 아무 친구나 불러다가 지켜보게 할까하고 망설이다가,
(80) 根岸は自分もいっしょに、若杉の親や仲人のところへ行くと言って、車に乗りこんで来た。佐山は彼を帰すつもりで、あるビルの前に車をとめて、地下室で話をつけていると、ちょっと座をはなれたと思った雪子が、いつまで待ってももどって来ないのである。きっと佐山の家へ避難したのであろうということにして、佐山は若杉に帰ってもらった。(母188)
　　　틀림없이 사야마의 집에 피신했으리라고 해서 사야마는 와카스기에게는 돌아가도록 했다.
(81) そして、おとうさんもおかあさんも、堂本さんがやってくるまえにいろいろ話しあっていた心配が、堂本さんがあんまり小さいことできえ

たかのように、もうなんにもいいませんでした。そのかわり初めから
お客さまあつかいもせず、夜は三畳の方で一夫といっしょに、一つ
のふとんで<u>ねてもらいました</u>。(坂道122)
그 대신 처음부터 손님 취급도 하지 않고 밤에는 3장방 쪽에서 가
즈오와 함께 한 이부자리에서 <u>자게끔 했습니다</u>.

　前節で元の文が自動詞文はやりもらい構文の中で使われるとき、元の文
になかった第三者が新たに利益対象として現れる構文であることをみた。
利益対象か受益態の文では「ガ」格として現れ、新たに現れる「ガ」格は殆ど
の用例で依頼主で、使役態と文構造を同じくしていることをみたが、その
ような使役型の受益態の構文は韓国語では受益態が文法的に発達していな
いので使役形によって表現されていることが分かった。上の用例(79)では
「立ち会ってもらう」は韓国語では「지켜보다(立ち会う)—＞지켜보게 하다
(立ちあわせる)」で、用例(80)で「돌아가다(帰る)—＞돌아가게 하다(帰らせ
る)、用例(81)では「자다(寝る)—＞자게 하다(寝させる)」というふうに、そ
れぞれの文は韓国語では使役形によって訳されている。

＜ⅱ＞モノゴトへの働きかけの他動詞の場合
(82)　駅員に町から車を<u>呼んでもらって</u>、つるや旅館でジョンソンに別れ、
　　　私は山小舎に帰った。(先生)
　　　역무원에게 부탁해서 시내에서 택시를 <u>부르게 했고</u>, 츠루야여관에서
　　　존슨과 헤어진 뒤 나는 산의 오두막집으로 돌아왔다.
(83)　夫の雄次郎は、仕事第一であった。アメリカから本社の関係者が来
　　　れば、必ず自宅に連れて来て、伸子の手造りの料理で接待させる。
　　　花、蝋燭、西洋式の食卓の席次の決め方まで、伸子に教え、自分
　　　も相談にのる。料理の一部をレストランからとることは認めたが、
　　　そっくり<u>出前を持って来てもらう</u>ことは許さなかった。(不眠 p 130)

　またモノゴトへの働きかけの構文も自動詞文の場合と同様に受益態において「ガ」格に新たに依頼主が現れ、「ニ」格の動作主体にある動作を依頼する使役型受益態構文を成すが、このような構文も韓国語に訳されるとき、使役形によって訳されている。用例(82)では「私が駅員に車を呼んでもらう」という使役型の受益態構文も「나는 역무원에게 택시를 부르게 했다(私は駅員にタクシを呼ばせた)」という使役態によって訳されている。

B．動作対象と利益対象が異なる構文の場合
(84) 喫茶店の片隅で約束の時間から二十分もたったのに佐久は辛抱づよく、腰かけていた。昨日、横井から例の沈黙遊びをやった女の子に電話をしてもらって、(嘘55)
　　　엊그제 요코이에게 예의 침묵놀이를 한 여자아이에게 전화를 걸게 해서,

　上の用例(84)は動作主体「横井」が、動作対象である「女の子」に「電話をかける」という働きかけをする構文であるが、その働きかけ主体「横井」にその行為を依頼した人は、「ガ」格の依頼主である「(佐久)」である。依頼主である「(佐久)」が「横井」に、「女の子」に電話をかけさせたのである。この構文も使役型受益態構文である。このような構文も韓国語に訳す場合、使役形「걸게 하다」によって表されている。

　　2.3.2.2 依頼形「달라」による対応

A.日本語の受益態に対する対応
(85) 「じつは、むすこから手紙がきたので、このおさむらいさんに読んでもらったら、おさむらいさんが、なにも言わずに泣き出した。きっとわるい知らせにちがいない。そう思うと、もう悲しくて悲しくて……。」

(漫談 p 16)

실은 아들한테서 편지가 와서 이 무사님에게 <u>읽어달라고</u> 했더니 무사님이 아무 말도 없이 울기 시작하셨수.

(86) 踊り子は門口から首を出して、明るい空をながめた。

「ああ、お月さま。—あしたは下田、うれしいな。赤ん坊の四十九日をして、おっかさんに<u>櫛を買ってもらって</u>、それからいろんなことがありますのよ。活動へ連れて行ってくださいましね。」(伊豆p54)

어머 달님 내일은 시모다. 즐겁구나. 아기의 사십구재를 지내고 엄마한테 빗을 <u>사달라았겠고</u>. 그리고 별의별 일이 다 있어요. 활동사진관에 데려가 주세요. 네.

(87)「私はもう、家の子供は、お嫁にやるのいやよ。

<u>恋愛をしてもらうわ</u>。だんぜん、<u>恋愛をしてもらうわ</u>。」(母 p 188)

"난 이젠 우리 집 아이는 중매로 시집 보내는 것은 싫어요. 연애를 해달라고 그래야지. 단연코 <u>연애를 해달라고</u> 해야지."

韓国語の「달라」動詞は「달다」動詞の命令形であるが、現代文の中では主に利益対象が利益主体に行為を依頼する構文の中で使われる動詞である。日本語の使役型の受益態も「ガ」格の依頼主が動作主体に依頼して利益行為が成される構文であるので、使型受益態構文の一部はこの依頼動詞の「달라」によって訳されている。日本語の使役型の受益態を韓国語の使役態にするか依頼構文にするかは、依頼主(利益対象)と動作主体(利益主体)との待遇関係によるのではないかと思われる。上の用例(85)では依頼主である「おばあさん」は動作主体である「さむらいさん」に利益物の「手紙」を読むことを依頼している構文で、依頼主「おばあさん」と「おさむらいさん」のような関係において、使役態「게하다」による「읽게하다」では不自然で「읽어달라」による依頼形によって表されると思われる。また上の用例(86)と(87)は、

「おっかさんが櫛を買う」こと、「子供が恋愛をする」ことを、話し手の「踊り手」と「私」が依頼するという構文である。用例(86)や(87)のように依頼のよる使役型受益態の文も、「踊り子がお母さんに櫛を買ってもらう―＞무희가 엄마에게 빗을 사달라고 하다」、「私が家の子供に恋愛をしてもらう―＞내가 우리집 아이에게 연애를 해달라고 하다」のように、日本語の韓国語の対訳版で、この「달라」形で表している場合が多い。

B. 引用構文(てくれという)に対する対応

　韓国のやりもらい構造の一角を担っている動詞には、韓国語のやりもらいの動詞には前節言及した授与態動詞「주다」と受益態「받다」動詞の他に「달다」動詞という動詞がある。「달다」動詞は述べ立て形「달았다」用例は一つも見当たらず、命令形「달라」の形のみで使われ、しかも「～라고 했다(と言った)」「～라고 부탁했다(と頼んだ)」のような間接話㳉の中だけに現れる動詞である。そして意味的には主に「이/가(ガ)」格が依頼主(利益対象)として、「에게・한테(ニ)」格の動作主体(利益主体)に行爲を依頼する文である。「달라」に対しては今まであまり言及されている論文が少ないが、奥津(1979)には次のような言及が見られる。

　　　　但し'talla'という特殊な形がある。これは命令形しかなく、受け手と話し手が一致する場合にだけ使われる、とchang(1973)も指摘している。日本語ではおおむね「クレ」にあたる。

　　　　　　　　　　　　　　　　　　　　　　　　　　　　(奥津1979　p 17)

　依頼形「달라」は日本語の韓国語への訳本を対照してみると、以下に見られるように間接話法の中での「～てくれといった」あるいは「～てくれとたのんだ」という「～てくれる」動詞の間接話法の中の構文の訳か、あるいは前節でも多少触れたように使役型受益態構文「～てもらう」構文の訳に出

てくる。

(88) 娘たちは前々から考えていた文句をならべて、つまり、わたしにもう
一度学校へ<u>かえってくれ</u>とたのんだ。(先生)

아가씨들은 미리부터 생각해온 어구를 늘어놓으며, 한마디로 나에게
다시 한번 학교에 <u>나와달라고</u> 부탁하는 거야.

(89) 彼女が坐るか座らないうちに、彼は突然<u>芸者の世話をしてくれ</u>と
言った。(雪・上30)

그녀가 미처 앉기도 전에, 그는 느닷없이 기생을 <u>소개해달라고</u> 했다.

(90) 只もし、今自分が、小太郎に、<u>自分を連れて逃げてくれ</u>、と言った
ら、小太郎は、自分を救ってくれるのではないか、という予感がし
たのである。(不眠136)

다만 만약 지금 자신이 고타로에게 자기를 데리고 <u>도망가 달라고</u>
하면 고타로가 자신을 구해주지 않을까 하는 예감이 들었던 것이다.

(91) わたしはちょうど一月ばかり以前から、ある友人の紹介でミスラく
んと交際していましたが、政治経済の問題などはいろいろ議論した
ことがあっても、かんじんの魔術を使うときには、まだ一度もいあわ
せたことがありません。そこで今夜はまえもって、魔術を使って<u>見せ
てくれるように</u>、手紙でたのんでおいたから、当事ミスラくんの住ん
でいた、さびしい大森の町はずれまで、人力車をいそがせたのです。

(魔術128)

나는 꼭 한달 쯤 전부터 한 친구의 소개로 미스라군과 교제하고 있
었는데, 정치 경제 문제 등을 토론한 적은 있었지만 정작 마술을 부
릴 때는 아직 한번도 그 자리에 함께 있은 적이 없습니다. 그래서
오늘 밤은 미리 마술을 <u>보여 달라고</u> 편지로 부탁을 해 넣고 나서,

上の用例(88)では「아가씨들이 나에게 학교에 돌아와달라고 부탁했다(娘たちがわたしに学校へ帰ってくれとたのんだ)」という構文の中で、用例(89)では「그는 그녀에게 기생을 소개해달라고 했다(彼は彼女に芸者を世話してくれと言った)」のような間接話法の中で、それぞれ「달라」動詞が使われている。

3. 韓国語のやりもらい動詞のヴォイス性

この章では日本語のやりもらい構文の分析と同じ方法で韓国語のやりもらい構文を分析した。しかし、韓国語のやりもらい構文は視点の制約がないので、「～てやる」構文と「～てくれる」構文の違いがなく、授与態構文は「～해주다」動詞構文しかない。その授与態「～해주다」の構造は、日本語の授与態のような与え手側の授与態と受け手側の授与態の区別はないものの、構文的な面では「直接の授与態」、「持ち主の授与態」、「第三者の授与態」、「評価の授与態」、「原因の授与態」で、日本語の授与態構文と一致していた。しかし、受益態「～받다」構文は、物の授受においては「주다」と「받다」が対応関係を成しているが、行為のやりもらいにおいては語彙的に複合動詞の形で存在する程度で、文法形式として発達していない。そのため授与態「～주다」と受益態「～받다」は日本語のようなヴォイス的な体系を成しておらず、主に授与態「～주다」で表現されていた。また日本語にない韓国語だけの現象としては、「달다」動詞の存在があった。「달다」動詞は命令形の「달라」形で主に使われ、間接話法の中での依頼による利益行為の文に主に使われる動詞である。その動詞が、韓国語で受益態の空白を埋めているのであろう。

第 八 章
結 論

　本稿では、日本語のやりもらい構文をヴォイスの一部として捉える観点から、元の文がやりもらい構文になった時、動詞のタイプにより、どのようなやりもらい構文を成しているかを考察した。そして授与態―「～てやる/くれる」態―と、受益態―「～てもらう」態―とはどういうヴォイス的な関係を成しているかという側面からやりもらい構文を分析した。すなわち本稿では元の文に動作主体と動作対象が存在する構文がやりもらい構文になったときの構文の分析に終っている従来の研究を、元の文に動作主体と動作対象が存在していない構文、本稿で言う「第三者のやりもらい」と「評価のやりもらい」等をやりもらいの体系に入れることによって「やりもらい」構文全体を体系化することが出来た。

　第二章では、「ヲ」格の対象への働きかけ性を持つ「ほめる、招待する」等のようなグループと、「ニ」格の相手への働きかけの動詞グループ「教える、出す」等のような動詞は「直接のやりもらい」を成し、またその授与態と受益態はヴォイス的な関係を成していた。

　第三章では「持ち主のやりもらい」構文を分析したが、「持ち主のやりもらい」構文は、「ノ」格の持ち主の部分である「ヲ」格および「ニ」格への働きかけの他動詞構文にやりもらい動詞がかぶさって出来ている構文で、その持ち主の授与態と持ち主の受益態もヴォイス的な関係を成している。

　第四章では、「第三者のやりもらい」に分類される構文のタイプは、元の文が自動詞文であったり、他動詞文でもモノゴトへの働きかけの動詞文で

人への働きかけ性を持っていない動詞であったり、動作対象と利益対象が
異なったりするような構文である。これらの構文には元の文には動作対象
が存在していない構文で、やりもらい構文になったとき、新たに利益対象
が構文に登場する。その新しい登場者は授与態では「タメニ」によって表さ
れることが多く、受益態では「ガ」格で現されるが、とりわけ受益態で新た
に登場する「ガ」格は利益対象であると同時に「依頼主」としての役割も兼ね
ている場合が多かった。

　第五章では「評価と原因のやりもらい」構文について考察した。評価と原
因のやりもらいは、やりもらい構造の中では「～てやる」と「～てもらう」が
存在しておらず、「～てくれる」動詞だけに存在する構文で、言うならばや
りもらい構造から解放された構造である。評価のやりもらいは、利益主体
が存在せず、利益対象も構文上には現れていないが、話し手が或る出来事
―動作主体の状態や動作、および感情、自然現象など―に対して自分にプラ
スになったと評価している構文で、原因のやりもらい構文は利益対象が
非情物を、利益主体として仕立てて、その非情物から利益を得ているかの
ように主観的に捉えている構文である。

　第六章では、使役形とやりもらい動詞が結合した「させてやる/させてく
れる／させてもらう」構文を考察した。使役やりもらい構文は使役構文にや
りもらい構文がかぶさって出来ている構文で、使役やりもらい構文の元に
なる動詞をみると、自動詞派生の使役動詞とモノゴトへの働きかけの他動
詞派生の使役動詞が殆どである。すなわち、自動詞やモノゴトへの働きか
けの動詞群はそのままでは第三者のやりもらい構文を成すが、もう一つの方
法として使役動詞になることによってやりもらい構文に参加しているのだと
思われる。「直接の使役やりもらい」構文は、「ヲ」格の動作主体への働きか
けと「ニ」格の動作主体への働きかけの使役動詞構文にやりもらい構文がか
ぶさって出来ている構文である。その「ヲ」格と「ニ」格の動作主体への働き

かけの構文は、それぞれ動作の動機が使役主体にある場合と、動作主体に
ある場合とに分けられ、動作の動機が使役主体にある場合は、「指令によ
る利益」と「変化の引き起こしによる利益」とに分けられる。「指令による利
益」は、使役主体が動作主体に対してある行動を仕向ける(働きかける)こと
が動作主体の利益になる構文で、「変化の引き起こしによる利益」は、使役
主体のある行動に結果、動作主体に感情の変化を引き起こしたような構文
である。また動作の動機が動作主体にある場合は、「許可による利益」にな
る。「許可による利益」は、動作主体がしようとする行動に対して、使役主
体が許可することによって動作主体に利益をもたらす構文である。また動
作主体の部分である「ヲ」格や「ニ」格への働きかけによって、その持ち主で
ある「ノ」格に利益をもたらす構文である。また、使役やりもらいの構文から
の解放した構文には、「評価の使役やりもらい」、「原因の使役やりもらい」、
「述べ立て文の使役受益態化」のような構文があった。「評価の使役やりも
らい」構文は、使役主体から動作主体への働きかけ構文全体に対して、構
文の内部構造に存在していない話し手あるいは語り手にとってプラスに
なったと評価をしている構文である。また、「原因の使役やりもらい」構文
は、使役主体が人間ではなく、非情物(物や事柄)である。使役主体が人間
ではない場合、その使役主体は動作主体に対して働きかけることは出来な
いので、動作主体にある感情などを引き起こす原因的な存在である。原因
の使役やりもらいも、利益主体側の使役授与態(させてやった)は存在せ
ず、受け手側からの使役授与態「させてくれた」構文しか存在していない。
またその受け手側の使役授与態「させてくれた」は使役受益態「せてもらっ
た」構文との対応関係を成していない。使役やりもらいの構造から解放した
構文に、述べ立て文の使役受益化がある。この構文は使役主体も動作主体
も構文に存在しない述べ立ての構文を使役受益態にすることによって、話
し手が自分の行動に対して、自分勝手にある行動をするのではなく相手に

許可を得て行動をしているかのようなポーズをとったり、あるいは相手のお陰で自分がある行動がすることができたことを表したり、あるいは自分の行動に対しての謙遜などの効果を得るために用いている文なのである。

　第七章では、日本語のやりもらい構文の分析と同じ方法で韓国語のやりもらい構文を分析した。しかし、韓国語のやりもらい構文は視点の制約がないので、「～てやる」構文と「～てくれる」構文の違いがなく、授与態構文は「～해주다」動詞構文しかない。その授与態「～해주다」の構造は、日本語の授与態のような与え手側の授与態と受け手側の授与態の区別はないものの、構文的な面では「直接の授与態」、「持ち主の授与態」、「第三者の授与態」、「評価の授与態」、「原因の授与態」で、日本語の授与態構文と一致していた。しかし、受益態「～받다」構文は、物の授受においては「주다」と「받다」が対応関係を成しているが、行為のやりもらいにおいては語彙的に複合動詞の形で存在する程度で、文法形式として発達していないので、授与態「～주다」と受益態「～받다」は日本語のようなヴォイス的な体系を成しておらず、主に授与態「～주다」で表現されていた。また日本語にない韓国語だけの現象としては、「달다」動詞の存在があった。「달다」動詞は命令形の「달라」形で主に使われ、間接話法の中での依頼による利益行為の文に主に使われる動詞である。その動詞が、韓国語で受益態の空白を穴埋めさせていると思われる。

　本稿での動詞分類の全体を図で表すと次のようになる。

＜やりもらい構文の構造＞

やりもらいの構文	元になる動詞の性格	受動態および使役態との関連
直接のやりもらい	ヲ格の人への働きかけを表す他動詞	直接の受動態と同じ構造
	ニ格の人への働きかけを表す他動詞	
持ち主のやりもらい	もようがえの他動詞	持ち主の受動態と同じ構造
	とりつけの他動詞	
第三者のやりもらい	自動詞(動主体が人名詞を取る)	使役態と同じ構造
	物や事柄への働きかけの他動詞	
	動作対象と利益対象が異なる構文	
評価と原因のやりもらい	動詞群の特定が出来ない構文でやりもらい構造から開放された構文	ある事柄を話し手が自分と関係づけるという側面では第三者の受動態と関連性を持つ

＜使役やりもらい構文の構造＞

	元になる動詞の性格	
直接の使役やりもらい	ヲ格の動作主体への働きかけの使役動詞(自動詞から派生した使役動詞)	直接の使役受動態と同じ構造を持っている
	ニ格の動作主体への働きかけの使役動詞(モノゴトへの働きかけの他動詞から派生した使役動詞)	

持ち主の使役やりもらい	ヲ格の動作主体(の部分)への働きかけ使役動詞 (自動詞およびモノゴトへの働きかけの他動詞から派生した使役動詞)	持ち主の使役受動態と同じ構造を持っている
	ニ格の動作主体(の部分)への働きかけを表す使役動詞(モノゴトへの働きかけの他動詞から派生した使役動詞)	
評価と原因の使役やりもらい構文	動詞群の特定ができない	

■ 参考文献 ────────────────────────────────

「日本の論文及び単行本」

安藤貞雄(1999)　　『英語の論理・日本語の論理』大修館書店

荒　正子(1983)　　「から格の名詞と動詞とのくみあわせ」『日本語文法・連語論(資料編)』むぎ書房

荒　正子(1983)　　「まで格の名詞と動詞とのくみあわせ」『日本語文法・連語論(資料編)』むぎ書房

井上和子(1990)　　『日本文法小事典』大修館書店

井上拡子(1983)　　「格助詞「まで」の研究」『日本語文法・連語論(資料編)』むぎ書房

上野直樹・宮崎清孝(1996)『視点』東京大学出版会

神尾昭雄(1990)　　『情報のなわ張り理論』大修館書店

井出理咲子・任　栄哲(2001)「人と人とを繋ぐもの」−なぜ日本語に授受動詞が多いのか−『月刊言語』4月号　Vol.30

大曾美恵子(1983)「授動詞文と二名詞句」『日本語教育』50号

大江三郎(1975)　　『日英語の比較研究―主観性をめぐって−』南雲堂

奥田靖雄(1983ａ)「を格の名詞と動詞とのくみあわせ」『日本語文法・連語論(資料編)』むぎ書房

_____(1983ｂ)「を格のかたちをとる名詞と動詞とのくみあわせ」
　　　　　『日本語文法・連語論(資料編)』むぎ書房

_____(1983ｃ)「に格の名詞と動詞とのくみあわせ」
　　　　　『日本語文法・連語論(資料編)』むぎ書房

_____(1983ｄ)「で格の名詞と動詞とのくみあわせ」
　　　　　『日本語文法・連語論(資料編)』むぎ書房

_____(1986)　「言語の単位としての連語」『日本語研究の方法』むぎ書房

_____(1996)　『ことばの研究・序説』むぎ書房

_____(1997)　「動詞(その一)−その一般的な特徴づけ−」『教育国語』25号　むぎ書房

奥津敬一郎(1974)「変形文法・生成文法」『研究資料 日本文法構文編』明治書院
　　　　　(1979)「日本語の授受動詞文―英語・朝鮮語と比較して―」『東京都立大学人文学報132』

奥津敬一郎・徐昌華(1982)「「～てもらう」とそれに対応する中国語表現」―"清"を中心に―『日本語教育』46号

奥津敬一郎(1986)「やりもらい動詞」『国文学解釈と鑑賞』1月号　至文堂

_____(1992)「日本語の受身文と視点」『日本語学』8月号　明治書院

王　　燕(2003)　　「～(さ)せてやる／くれる／もらう」について―中国語話者を対象とす

る日本語教育の立場から―」『日中言語対照研究論集』第5号

金子尚一(1987)　「単語、ウチなどによる所属さきの表現体系」『解釈と鑑賞』第52巻 2号 至文堂

金田章宏(1987)　「指示代名詞の体系と用法－山形県南陽方言－」『解釈と鑑賞』第52巻 2号 至文堂

蒲谷 宏(2001)　「日本語教育で授受動詞をどう教えるか」『月刊 言語』4月号 Vol.30 大修館書店

神尾昭雄(1985)　「談話における視点」『月刊言語』9月号 大修館書店

紙谷栄治(1975)　「補助動詞「やる・もらう・くれる」について」『待兼山論叢』No8

菊地康人(1997)　「変わりゆく「させていただく」『月刊言語』6月号 Vol.26

金田一春彦編(1976)『日本語動詞のアスペクト』むぎ書房

金水 敏(1992)　「場面と視点―受身文を中心に―」『日本語学』8月号 明治書院

　　 (1995)　「敬語と人称表現－視点との関連から－」『国文学』12月号　学灯社

黄 順花(1998)　「現代日本語の寄与態の研究」－韓国語との対照研究を加味して－ 大東文化大学博士論文

久野 暲(1978)　『談話の文法』大修館書店

国広哲也(1992)　『意味論の方法』大修館書店

高 靖 (2000)　「文法的なカテゴリーとしてのヤリモライ」『対照言語学研究』第10号

近藤弘泰(1985)　「日本語の人称の性格について」『日本女子大学文学部紀要』36号

西郷竹彦(1985)　「私の視点論」『日本語学』12月号 明治書院

阪倉篤義(1975)　「日本的な思考－受益態をめぐって」『月刊言語』vol.4.大修館書店

佐久間鼎(1992)　『現代日本語の表現と語法』≪増補版≫　　くろしお出版

佐藤里美(1986)　「使役構造の文」『ことばの科学1』 むぎ書房

(1992)「依頼文」　『ことばの科学5』 むぎ書房

沢田治美(1993)　『視点と主観性―日英語助動詞の分析―』ひつじ書房

島袋幸子・かりまたしげひさ(2001)「琉球方言のやりもらい動詞」『月刊言語』4月号 Vol.30

城田 俊(1996)　「話場応接態(いわゆる「やりもらい」)－「外」主語と「内」主語－」『国語学』186集

鈴木重幸(1989)　『日本語・形態論』むぎ書房

　　　(1996)　『形態論・序説』むぎ書房

鈴木情一(1992)　「視点の心理」『日本語学』8月号 明治書院

鈴木 泰・角田太作(1996)『日本語文法の諸問題』 ひつじ書房

鈴木敏昭(1994)　「多義語の構造―サス・オチル・ヒクの場合」『富山大学文学部紀要 第20号』

鈴木康之(2003)　「ヤリモライ研究の半世紀」『日本文学研究』大東文化大学日本文学会

たかきかずひこ(1999)『文とはなにか―構文論入門―』日本語学研究会

高橋太郎ほか(1996)『日本語の文法』講義テキスト

高橋太郎(1985) 「動詞の動詞らしさについて」『国文学解釈と鑑賞』1月号 至文堂

＿＿＿＿(1985) 「現代日本語のヴォイスについて」『日本語学』4月号 明治書院

＿＿＿＿(1988) 「動詞(その六)」『教育国語』93号 むぎ書房

＿＿＿＿(1993) 「すがたともくろみ」『日本語動詞のアスペクト』むぎ書房

＿＿＿＿(1994) 『動詞の研究』むぎ書房

高見健一(2000) 「「被害受身文と「～にＶしてもらう」構文－機能的構文論による分析－」『日本語学』4月号 Vol.19 明治書院

滝浦真人(2001) 「敬語の論理と授受の論理」－「聞き手中心性」と「話し手中心性」を軸として」『月刊 言語』4月号 Vol.30

田窪行則(1990) 「ダイクシスと談話構造」『講座日本語と日本語教育12 言語学要説(下)』明治書院

田窪行則(1992) 「言語行動と視点―人称詞を中心に―」『日本語学』8月号 明治書院

田窪行則編(1997) 『視点と言語行動』くろしお出版

竹林一志(1998) 「日本語の「～にＶしてもらう」構文について－非対格性との関連をめぐって」『月刊 言語』Vol.27

田中章夫(1982) 「日本語の語彙の構造」『日本語の語彙の特色(講座日本語の語彙2)』明治書院

田中真理・舘岡洋子(1991)「「受身」と「～てもらう」からみた動詞分類」『日本語教育・実践と考察』浅野百合子先生古希記念論集

続 三義(1989) 「日本語の視点と立場」『東京外国語大学大学院言語文化研究第七号』

寺村秀夫(1989) 『日本語のシンタクスと意味Ⅰ』くろしお出版

豊田豊子(1974) 「補助動詞「やる・くれる・もらう」について」『日本語学校論集』1号 東京外国語大学外国語学部付属日本語学校

仁田義雄(1992) 『日本語のモダリティと人称』ひつじ書房

＿＿＿＿(1995) 「ヴォイス的表現と自己制御性」『日本語のヴォイスと他動性』くろしお出版

沼田善子(1992) 「とりたて詞と視点」『日本語学』8月号 明治書院

野田尚史(1995) 「文法的なヴォイスと語彙的なヴォイスの関係」『日本語のヴォイスと他動詞』くろしお出版

橋元良明(2001) 「授受表現の語用論」『月刊 言語』4月号 Vol.30

林四郎・堀川直義(1977)『敬語用例中心ガイド』 明治書院

早津恵美子(2000) 「現代日本語のヴォイスをめぐって」『日本語学』4月号 明治書院

広瀬幸生(2001) 「授受動詞と人称」『月刊言語』4月号 Vol.30

樋口文彦(1989) 「評価的な文」『ことばの科学3』むぎ書房

堀口純子(1983) 「授受表現にかかわる誤りの分析」『日本語教育』52号

＿＿＿＿(1987) 「「～テクレル」「～テモラウ」の互換性とムード的意味」『日本語学』4

月号 明治書院

_____(1987)　「意志動詞と無意志動詞の意志に関する一考察－「クレル」を中心に
　　　　　　　　　－』『文芸言語研究言語篇』筑波大学文芸・言語学系

前田富祺(2001)　「「あげる」「くれる」成立の謎」－「やる」「くださる」などとの関わりで」
　　　　　　　　　『月刊言語』4月号　Vol.30

牧野成一(1996)　『ウチとソトの言語文化学』アルク出版

_____(1992 a)　「表現の主観性と視点」『日本語学』8月号　明治書院

_____(1992 b)　「日本語の補助動詞構文」－構文の意味の研究に向けて－『文化言語
　　　　　　　　　学』文化言語学編集委員会　三星堂

_____(1995)　「受動表現と主観性」『日本語のヴォイスと他動性』くろしお出版

_____(2001)　「日本語における授受動詞と恩恵性」『月刊 言語』4月号　Vol.30

松木正恵(1992)　「「見ること」と文法研究」『日本語学』8月号　明治書院

松本泰丈(1987)　「人称代名詞をめぐって－奄美喜界島方言」『解釈と鑑賞』 第52巻　2
　　　　　　　　　号　至文堂

三上 章(1988)　「人称雑疑」『三上章論文集』くろしお出版

宮地 裕(1965)　「「やる・くれる・もらう」を述語とする文の構造について」『日本の言
　　　　　　　　　語学 第5巻 意味・語彙』大修館書店

宮地 裕(1999)　『敬語・慣用句表現論―現代語の文法と表現の研究(二)―』明治書
　　　　　　　　　院

三宅知宏(1996)　「日本語の受益構文について」『国語学』186集

宮島達夫(1980)　『動詞の意味・用法の記述的研究』国立国語研究所　秀英出版

_____(1992)　「語彙の体系」『語彙と意味(岩波講座 日本語9)』岩波書店

村上三寿(1986 a)　「やりもらい構文の文」『教育国語』84号 むぎ書房

_____(1986 b)　「うけみ構造の文」『ことばの科学1』むぎ書房

村木新次郎(1991)　『日本語動詞の諸相』 ひつじ書房

森田良行(1994)　『動詞の意味論的文法研究』明治書院

_____(1996)　『日本語の視点』創拓社

安本美典(2001)　「「あげる」「くれる」表現と「甘えの構造」」『月刊言語』4月号　Vol.30

山岡正紀(1989)　「授受補助動詞と依頼行為」『文芸言語研究 言語篇』筑波大学文芸
　　　　　　　　　・言語学系

山下秀雄(1995)　『日本のことばとこころ』講談社学術文庫

山田 純(1985)　「文における視点」『日本語学』12月号　明治書院

山梨正明(1994)　『比喩と理解』東京大学出版会

油井紀久子(1996)　「動詞ヤル・クレルにおける意味の抽象化過程」『日本語教育』88号

渡辺友左(1983)　「ヘ格の名詞と動詞のくみあわせ」『日本語文法・連語論(資料編)』む
　　　　　　　　　ぎ書房

渡辺義夫(1983)　「カラ格の名詞と動詞とのくみあわせ」『日本語文法・連語論(資料
　　　　　　　　　編)』むぎ書房

渡辺祐司(1991)　「授受表現における授受の方向性」『日本語学校論集』8号
　　　(1993)　「授受表現における授受の方向性Ⅱ」『東京外語大学留学センター論集』19号

「海外論文」(가나다라順)

강홍구(1999)　「국어 보조동사의 통사・의미론적 연구」忠南大学校大学院 博士論文

金鎮愛(1983)　「日本語の授受動詞「やる・くれる・もらう」を術語とした文に関する考察」韓国外国語大学校大学院 修士論文

金英姫(1996)　「受身表現における「表現の主観性」をめぐる一考察－韓・日両国語対照研究を中心に－」『日語日文学』第6輯 大韓日語日文学会

金恩鏡(1994)　「「あげる／くれる」と「주다／받다」との対照研究－誤りやすい表現を中心として－」祥明女子大学教育大学院修士論文

방운규 (1994)　「보조동사 주다'에 대한 연구」建国語文学17～18集

손세모돌(1991)　「보조동사 "주다"의 결합제약과 의미」漢陽大学韓国学論集19

이 기동 (1979)　「"주다"의 문법」『한글』166号

정은정 (2000)　「보조용언 주다' 구문연구」－수혜역실현양상을 중심으로－高麗大学校大学院 国語国文学科 修士論文

崔殷栄 (1995)　「日本語授受動詞の研究」－「やる・くれる・もらう」를 중심으로京畿大学校 教育大学院 修士論文

洪令子(1996)　「行為の授受動詞に関する考察」－「～てもらう」構文を中心に－ 慶熙大学校大学院 修士論文

■資 料 ————————————————————————————

本稿では三通り小説から用例を採集した。日本語の用例は日本語の小説で、韓国語は日本語の小説が韓国語に訳されている対訳版を、そして対訳版に抜けている韓国語の用例を補うために韓国語の用例からも用例を採集し、韓国語の小説の場合には、筆者が訳をつけた。用例出典で( )の中で表記した題名は本文中に記した小説の題目の略である。

<日本語の用例>

円地文子『女坂』新潮文庫 ————＞(坂)
灰谷健次郎『兎の眼』角川文庫 ————＞(兎)
平岩弓枝『女の家庭』文春文庫 ————＞(女)
平岩弓枝『女たちの家(上)』文春文庫 ————＞(女たち・上)
平岩弓枝『女たちの家(下)』文春文庫 ————＞(女たち・下)
遠藤周作『深い河』講談社文庫————＞(河)
森瑶子『あなたに電話』角川文庫 ————＞(電話)
吉本ばなな『ハネムーン』中公文庫————＞(ハネ)
伊集院 静『乳房』講談社文庫 ————＞(乳)
立原正秋『剣ヶ崎・白い罌粟』新潮文庫————＞(剣)
島崎藤村『春』新潮文庫 ————＞(春)
井伏鱒二『黒い雨』新潮文庫 ————＞(黒)
夏目漱石『こころ』 岩波文庫 ————＞(こころ)
幸田文 『きもの』 新潮文庫 ————＞(きもの)
新田次郎 『孤高の人』新潮文庫 ————＞(孤高の人)
現代人物誌 1990年 朝日新聞連載 朝日新聞社————＞(現代人物誌)
田宮虎彦『かるたの記憶』新潮文庫絶版100————＞(かるたの記憶)
斯波四郎「山塔」芥川賞全集 第6集 文芸春秋社————＞(山塔)
安部公房 『砂の女』新潮文庫————＞(砂の女)
筒井康隆『四千字劇場』新潮文庫————＞(四千字劇場)
田辺聖子 『新源氏物語』新潮文庫————＞(新源氏物語)
島崎藤村 『新生』新潮文庫————＞(新生)
山本有三 『路傍の石』新潮文庫————＞(路傍の石)
倉橋由美子『聖少女』新潮文庫————＞(聖少女)
石川達三『人間の壁(上)』新潮文庫 ————＞ (人間の壁・上)
石川達三『人間の壁(中)』新潮文庫 ————＞(人間の壁・中)
石川達三『人間の壁(下)』新潮文庫————＞ (人間の壁・下)

尾崎一雄「暢気眼鏡」芥川賞全集 第1集 文芸春秋社 ———＞(暢気眼鏡)

林芙美子『放浪記』 新潮文庫———＞(放浪記)

夏目漱石『坊っちゃん』新潮文庫———＞(坊っちゃん)

久米正雄『学生時代』 新潮文庫———＞(学生時代)

赤川次郎『女社長に乾杯！』新潮文庫———＞(女社長に乾杯)

島崎藤村『市井にありて』 新潮文庫———＞(市井にありて)

石坂洋次郎『石中先生行状記』第三部　新潮文庫絶版100———＞(石中先生・三)

石坂洋次郎『石中先生行状記 完結編』新潮文庫絶版100———＞(石中先生・完)

三田誠広「僕って何」『芥川賞全集 』第11集 文芸春秋社———＞(僕って何)

夏目漱石『門』新潮文庫 ———＞(門)

藤原審爾『さきに愛ありて』新潮文庫絶版100———＞(さきに愛あり)

加賀乙彦『湿原』新潮文庫絶版100———＞(湿原)

村上春樹『世界の終わりとハードボイルド・ワンダーランド』新潮文庫———＞(世界の終りと)

芹沢光治良『巴里に死す』 新潮文庫絶版100———＞(巴里に死す)

山本有三『波』新潮文庫絶版100———＞(波)

斉藤淳夫『冒険者たち−ガンバと十五匹の仲間−』講談社文庫———＞(冒険者たち)

宮本輝「蛍川」芥川賞全集』第11集 文芸春秋社———＞(蛍川)

庄司薫「赤頭巾ちゃん気をつけて」『芥川賞全集』 第8集 文芸春秋社——＞

(赤頭巾ちゃん)

山口瞳 『酒呑みの自己弁護』新潮文庫———＞(酒呑みの)

有島武郎『或る女』新潮文庫———＞(或る女)

小川国夫『或る聖書』新潮文庫絶版100———＞(或る聖書)

近藤啓太郎「海人舟」『芥川賞全集』 第5集 文芸春秋社———＞(海人舟)

柴田翔 『ノンちゃんの冒険』新潮文庫絶版100———＞(ノンちゃんの)

山本道子「ベティさんの庭」『芥川賞全集』 第9集 文芸春秋社———＞(ベティさん)

三浦綾子『塩狩峠』新潮文庫———＞(塩狩峠)

柏原兵三「徳山道助の帰郷」『芥川賞全集』 第7集 文芸春秋社———＞(徳山道助)

島崎藤村『桜の実の熟する時』新潮文庫———＞(桜の実の熟す)

島崎藤村『海へ』新潮文庫———＞(海へ)

田宮虎彦『足摺岬』新潮文庫絶版100———＞(足摺岬)

丹羽文雄『人生案内』新潮文庫絶版100———＞(人生案内)

伊藤整『氾濫』新潮文庫絶版100———＞(氾濫)

富沢有為男「地中海」『芥川賞全集』 第1集 文芸春秋社———＞(地中海)

島崎藤村『夜明け前』第二部 新潮文庫———＞(夜明け前・二)

大城立裕「カクテル・パーティー」『芥川賞全集』 第7集 文芸春秋社———＞(カクテル)

福永武彦『草の花』新潮文庫———＞(草の花)

三浦哲郎「帰郷」新潮文庫『忍ぶ川』——＞(帰郷)

獅子文六『娘と私』新潮文庫絶版100——＞(娘と私)

由起しげ子「本の話」『芥川賞全集』第4集 文芸春秋社―――＞(本の話)

星新一『人民は弱し官吏は強し』新潮文庫―――＞(人民は弱し)

倉橋由美子『聖少女』新潮文庫―――＞(聖少女)

野沢尚 シナリオ『青い鳥』 幻冬舎―――＞(シ・青い鳥)

つかこうへい『蒲田行進曲』 角川文庫―――＞(蒲田行進曲)

高木敏子『ガラスのうさぎ』 金の星社―――＞(硝子のうさぎ)

志賀直哉「冬の往来」『小僧の神様・城の崎にて』 新潮文庫 ―――＞(冬の往来)

立原正秋『冬の旅』新潮文庫―――＞(冬の旅)

武者小路実篤『友情』新潮文庫―――＞(友情)

丹羽文雄『顔』新潮文庫絶版100―――＞(丹羽・顔)

丹羽文雄 『鶸児帰郷』講談社―――＞(鶸児帰郷)

夏目漱石『三四郎』新潮文庫―――＞(三四郎)

曾野綾子『太郎物語 高校編』新潮文庫―――＞(太郎物語・高)

島木健作『生活の探求』新潮文庫絶版100―――＞(生活の探求)

山本有三 『真実一路』新潮文庫―――＞(真実一路)

長塚節『土』新潮文庫―――＞(土)

小泉八雲「知られぬ日本の面影」 新潮文庫『小泉八雲集』―――＞(知られぬ日本)

開高健『新しい天体』新潮文庫絶版100―――＞(新しい天体)

島尾敏雄『出発は遂に訪れず』新潮文庫絶版100―――＞(出発は遂に)

三浦哲郎「忍ぶ川」『芥川賞全集』第6集 文芸春秋社―――＞(忍ぶ川)

日野啓三「あの夕陽」『芥川賞全集』第10集 文芸春秋社―――＞(あの夕陽)

井上靖 『しろばんば』新潮文庫―――＞(しろばんば)

有吉佐和子『華岡青洲の妻』新潮文庫―――＞(華岡青洲の妻)

井上靖 『北国の春』講談社文庫―――＞(北国の春)

小松左京『日本アパッチ族』新潮社―――＞(日本アパッチ)

村田喜代子「鍋の中」『芥川賞全集』第14集 文芸春秋社―――＞(鍋の中)

大江健三郎「他人の足」新潮文庫『死者の奢り・飼育』―――＞(他人の足)

壷井栄 『二十四の瞳』新潮文庫―――＞(二十四の瞳)

司馬遼太郎『国盗り物語』新潮文庫―――＞(国盗り物語)

五木寛之『風に吹かれて』新潮文庫―――＞(風に吹かれて)

堀辰雄「風立ちぬ」新潮文庫『風立ちぬ・美しい村』―――＞(風立ちぬ)

東峰夫「オキナワの少年」『芥川賞全集』第9集 文芸春秋社―――＞(オキナワ)

遠藤周作「白い人」『芥川賞全集』第5集 文芸春秋社―――＞(白い人)

丹羽文雄「愛欲」新潮文庫絶版100―――＞(愛欲)

丸山健二「夏の流れ」『芥川賞全集』第7集 文芸春秋社―――＞(夏の流れ)

後藤紀一「少年の橋」『芥川賞全集』第6集 文芸春秋社―――＞(少年の橋)

夏目漱石『それから』新潮文庫―――＞(それから)

有島武郎「小さき者へ」新潮文庫『小さき者へ・生れ出づる悩み』―――＞(小さき者へ)

有吉佐和子『木瓜の花』新潮文庫 ―――＞（木瓜の花）

阿川弘之『山本五十六』新潮文庫―――＞（山本五十六）

水上勉「越前竹人形」新潮文庫『雁の寺・越前竹人形』―――＞（越前竹人形）

井上靖「夏草冬涛」井上靖小説全集26 新潮社―――＞（夏草冬涛）

尾崎一雄「猫」『芥川賞全集』第1集 文芸春秋社―――＞（猫）

大岡昇平「野火」新潮文庫―――＞（野火）

梶井基次郎「城のある町にて」新潮文庫『檸檬』―――＞（城のある町）

三浦哲郎「驢馬」新潮文庫『忍ぶ川』―――＞（驢馬）

曾野綾子『神の汚れた手』朝日新聞社―――＞（神の汚れた手）

里見とん『多情仏心』新潮文庫―――＞（多情仏心）

開高健「パニック」新潮文庫『パニック・裸の王様』―――＞（パニック）

夏目漱石『道草』新潮文庫―――＞（道草）

島崎藤村『千曲川のスケッチ』新潮文庫―――＞（千曲川のス）

伊藤整『氾濫』新潮文庫絶版100―――＞（氾濫）

松本清張『或る小倉日記伝』『芥川賞全集』第5集 文芸春秋社―――＞（或る小倉日記）

井上靖『あすなろ物語』新潮文庫―――＞（あすなろ物語）

芥川竜之介「大導寺信輔の半生」新潮文庫『河童・或阿呆の一生』―――＞（大導寺信輔）

沢木耕太郎『一瞬の夏』新潮文庫―――＞（一瞬の夏）

尾崎士郎『人生劇場 愛欲篇』 新潮文庫絶版100―――＞（人生劇場愛欲）

室生犀星『性に眼覚める頃』新潮文庫絶版100―――＞（性に眼覚める）

池波正太郎『剣客商売』新潮文庫―――＞（剣客商売）

吉村昭『戦艦武蔵』新潮文庫―――＞（戦艦武蔵）

小松左京「時の顔」新潮社『地には平和を』―――＞（時の顔）

小松左京「御先祖様万歳」新潮社『影が重なる時』―――＞（御先祖様万歳）

南木佳士「ダイヤモンドダスト」『芥川賞全集』第14集 文芸春秋社―――＞（ダイヤモンド）

井上ひさし『下駄の上の卵』新潮文庫絶版100 ―――＞（下駄の上の卵）

梶山秀之『女の警察』新潮文庫絶版100―――＞（女の警察）

小松左京「紙か髪か」新潮社『地には平和を』―――＞（紙か髪か）

司馬遼太郎『街道をゆく1』朝日新聞社―――＞（街道をゆく1）

石井代蔵『千代の富士一代』文春文庫―――＞（千代の富士）

井上ひさし『ブンとフン』新潮文庫―――＞（ブンとフン）

阪田寛夫「土の器」『芥川賞全集』第10集 文芸春秋社―――＞（土の器）

大仏次郎『帰郷』新潮文庫絶版100―――＞（大仏・帰郷）

小泉八雲「天の川物語その他」新潮文庫『小泉八雲集』―――＞（天の川物語）

田山花袋『蒲団』新潮文庫―――＞（蒲団）

畑山博「いつか汽笛を鳴らして」『芥川賞全集』第9集 文芸春秋社―――＞（いつか汽笛を）

ワット隆子『がんからの出発』医学書院―――＞（癌からの出発）

石原慎太郎『化石の森』新潮文庫絶版100―――＞（化石の森）

藤原正彦『若き数学者のアメリカ』新潮文庫―――＞(若き数学者の)
天声人語 1985年 朝日新聞社―――＞(天声人語85)
天声人語 1986年 朝日新聞社―――＞(天声人語86)
天声人語 1987年 朝日新聞社―――＞(天声人語87)
天声人語 1990年 朝日新聞社―――＞(天声人語90)
天声人語 1991年 朝日新聞―――＞(天声人語91)
天声人語 1993年1月～9月 朝日新聞社―――＞(天声人語93)

＜韓国語の用例＞

공지영『무소의 뿔처럼 혼자서 가라』문예마당―――＞(무소)
양귀자『모순』살림출판사―――＞(모순)
박완서『그대 아직도 꿈꾸고 있는가』세계사　―――＞　(그대)
박완서『서울사람들』세계사　―――＞(서울)
이문열『우리들의 일그러진 영웅』아침나라　―――＞　(우리)

＜日・韓対訳の用例＞

曾野綾子「砂丘の風」『夫婦の情景』다락원 ―――＞(砂)
曾野綾子「葦の舟」『夫婦の情景』다락원 ―――＞(舟)
曾野綾子「二十五年目の秋」『夫婦の情景』다락원 ―――＞(秋)
曾野綾子「衣山」『夫婦の情景』다락원 ―――＞(衣)
曾野綾子「未熟」『夫婦の情景』다락원 ―――＞(未熟)
曾野綾子「温かいフランスパン」『夫婦の情景』다락원 ―――＞(パン)
曾野綾子「残りの日日」『夫婦の情景』다락원―――＞(残り)
曾野綾子「不眠」『夫婦の情景』다락원 ―――＞(不眠)
曾野綾子「松風」『夫婦の情景』다락원 ―――＞(松)
曾野綾子「秋風の中の風鈴」『夫婦の情景』다락원 ―――＞(秋風)
川端康成「伊豆の踊り子」다락원『伊豆の踊り子』―――＞(伊豆)
川端康成「百日堂先生」다락원『伊豆の踊り子』―――＞(先生)
川端康成「母の初恋」다락원『伊豆の踊り子』―――＞(母)
川端康成『雪国(上)』다락원 ―――＞(雪・上)
川端康成『雪国(下)』다락원 ―――＞(雪・下)
西本鶏介『日本漫談』다락원 ―――＞(漫談)
芥川竜之介『羅生門』 다락원 ―――＞(羅)
芥川竜之介「トロッコ」『羅生門』다락원 ―――＞(トロッコ)
芥川竜之介「鼻」『羅生門』다락원 ―――＞(鼻)
芥川竜之介「羅生門」『羅生門』다락원 ―――＞(羅)
芥川竜之介「くもの糸」『羅生門』다락원 ―――＞(くも)
芥川竜之介「杜子春」『羅生門』다락원 ―――＞(杜子春)

芥川竜之介「魔術」『羅生門』다락원 ——>(魔術)

赤川次郎『予約席』다락원 ——>(予約)

赤川次郎「人生相談」『予約席』다락원 ——>(相談)

赤川次郎「あなたのラッキーナンバーは」『予約席』다락원 ——>(ラッキー)

赤川次郎「予約席」『予約席』다락원 ——>(予約)

遠藤周作「女の決闘」『ユーモア傑作選』다락원 ——>(決闘)

遠藤周作「嘘つくべからず」『ユーモア傑作選』다락원 ——>(嘘)

遠藤周作「するべからず」『ユーモア傑作選』다락원 ——>(するべからず)

遠藤周作「うちの親爺」『ユーモア傑作選』다락원 ——>(親爺)

阿刀田他高「趣味を持つ女」『失われた過去』日本推理小説選 다락원 ——>(趣味)

高木彬光「失われた過去」日本推理小説選 다락원 ——>(過去)

菊村到「妻よ、安らかに」『失われた過去』日本推理小説選 다락원 ——>(妻)

阿刀田他高「危険な場所」『待っている男』阿刀田他高ミステリ短篇選 다락원 ——>(危険)

阿刀田他高『待っている男』阿刀田他高ミステリ短篇選 다락원 ——>(男)

阿刀田他高「マルガリータの夜」阿刀田他高ミステリ短篇選 다락원 ——>(夜)

壷井 栄「柿の木のある家」『港の少女』壷井栄童話選 다락원 ——>(柿)

壷井 栄「港の少女」壷井栄童話選 다락원 ——>(港)

壷井 栄「おかあさんのてのひら」『港の少女』壷井栄童話選 다락원 ——>(おかあさん)

壷井 栄「坂道」『港の少女』壷井栄童話選 다락원 ——>(坂道)

저자 宋惠仙

고려대 일어일문학과 졸업
일본 오차노미즈여자대학 대학원에서 박사학위 취득
전)고려대학교 BK21중일언어문화교육연구단 연구교수
　　고려대학교 일본학연구센터 HK연구교수
【논문】
「使役授与態「せてやった／せてくれた」構文の構造」(2005)
「日本語の受益態「～てもらう」構文と韓国語の受益態「해 받다」の一考察」(2005)
「使役受益態「させてもらった」構文の構造の一考察」(2006)
「動詞の意味的なタイプからみたやりもらい動詞の構造」(2006)
「日本語の第三者のやりもらい構文の構造―元になる文との関係―」(2008)

신일본어학총서 **78**

やりもらいの文法

초판인쇄 2009년 11월 20일
초판발행 2009년 11월 30일

저　자 宋惠仙
발행처 제이앤씨
발행인 윤석원
등　록 제7-220호

주소 서울시 도봉구 창동 624-1 현대홈시티 102-1206
전화 (02)992-3253(대)
팩스 (02)991-1285
전자우편 jncbook@hanmail.net
홈페이지 http://www.jncbook.co.kr
책임편집 조성희

ISBN 978-89-5668-748-3 93830　　　　　　　　　　정가 18,000원